诗歌集

锐力·文学江西

江西省作家协会主编

归去来

子衿 著

长江出版传媒

长江文艺出版社

图书在版编目（ＣＩＰ）数据

归去来 / 子衿著. -- 武汉：长江文艺出版社,
2017.4
（锐力·文学江西）
ISBN 978-7-5354-9573-0

Ⅰ.①归… Ⅱ.①子… Ⅲ.①诗集－中国－当代
Ⅳ.①I227

中国版本图书馆 CIP 数据核字(2017)第 050607 号

责任编辑：池　威　　　　　　　　责任校对：陈　琪
封面设计：泓润书装　　　　　　　责任印制：邱　莉　胡丽平

出版：　长江出版传媒　　长江文艺出版社
地址：武汉市雄楚大街 268 号　　　邮编：430070
发行：长江文艺出版社
电话：027—87679360
http://www.cjlap.com
印刷：首壹印务有限公司

开本：640 毫米×970 毫米　　1/16　印张：11.25
版次：2017 年 4 月第 1 版　　　2017 年 4 月第 1 次印刷
行数：3175 行

定价：26.00 元

目
录

很荣幸,我正在成为一名诗人(自序)

20世纪八十年代末,我出生于鄱阳湖边的某座小渔村。母亲是护士,父亲是军医,我并没有在老家生活过多久,很小的时候就随母亲来到城市,暑假时在父亲的军营里厮混,春节会回乡生活几天。我想,这是我的同龄人中很普遍的遭遇,故乡和长居地长久疏离,血脉里的乡愁和生活环境的认同走在巨大的岔道上。

父亲从军之后,历经几次辗转,在我十多岁时退伍转业,在此之前绝大部分童年时光我都是在母亲身边度过的。父亲转业之后,我才终于享受到了完整的家庭生活,不得不说,在童年最重要的十几年里,父亲的缺位对于我性格的养成具有潜移默化的作用。在很长一段时间里,我不与陌生人相处,人际关系十分被动,没有玩伴就自己看书,离愁别绪如幽灵一般无所不在,生活情绪处在风雨飘摇的状态里。当我知道这是一种安全感的匮乏时,敏感已经成为了性格,这种敏感在很大程度上催生了我的写作冲动,而写作这一行为最终在某种程度上回馈了我亟缺的安全感。

大学毕业之后,我南下深圳,几年时间里,脚步四处漂流,无根无定,最窘迫的时候兜里只有几十块钱。我曾经对工作来者不拒,努力去适应一切,也曾经在一年之内更换了六份工作,我在向自己的贫瘠屏弱的安全感挑战,有意让自己置于破碎的生活悬崖边缘,而漂流的历程在无形中给我打上了精神烙印。

漂流能给我什么呢?好像也就是能让我感觉到自身的无知和狭隘,外面的世界那么大,如果人一辈子停留在自己的小圈子里,足不离故土,目所能及皆与前日一模一样,这样的生活,岂非是植物般的一生?

然而还是有那么多人迷恋这样的生活,追求安定或许是人类与生俱来的本能,犹太人漂流了上千年,最终不也是满怀热泪地拥抱了耶路撒冷么。而我才刚刚开始这样的漂流,就像年轻的、刚刚攀上高辕大篷车的吉普赛少年,对故乡毫无概念,对未来充满好奇。

在此之前,我并没有想过自己的未来会重蹈父辈的漂流之路。

我真正开始写诗,是在抵达深圳的当天,虽然下火车不到二十四小时,但乡愁却已经前所未有地升腾起来,在那一刻,我终于稍微理解了古诗里的羁旅在月白灯稀中的匆匆感伤,我的第一首诗就是为了扑灭这突如其来的乡愁,结果发现乡愁是扑不灭的。

米沃什在 1940 年离开维尔诺的时候,或许并没有想过自己五十二年之后才再次回到这里,一种天赋的使命感压在他的肩上,让他暂时无暇他顾。五十二年的时光或许已经将原乡从他的血脉牵连中剥离了出去。二十世纪中期完成这个动作的是战争和政治,而在我们的时代,完成这一切的却是在经济和发展吸引下的人群自发。我对于老家的概念已经越来越淡,甚至在某种程度上来说,我对于自己生长的故乡——这座叫南昌的城市的归属感也在渐渐削弱。从二十一岁开始,我和它的联系就在长久的漂流中被稀释。我拒绝了作为植物的一生,并坚持保留着自己的双脚,诗歌就是这双脚。

而汉语,或者说诗歌,正在慢慢取代我的地理故乡,成为另一桩乡愁的指向,我呵护着它萌芽,挫折和窘迫是它最好的养料,等它长大,我又钻进它的阴影中寻求庇护。

这本集子里的大部分诗歌发生在 2011 年至 2015 年,这个时间跨度是我迄今为止最为颠沛的五年。我父亲虽然没有说过,但他显然更期待我在这个时间段里被社会击败,最终痛定思痛回来从事一份稳定且优渥的工作。让他失望了,我最终从沉郁顿挫的逆流中挣扎着爬上了它的表面,匍匐在浑浊铁流一般的潮水顶端缓慢而刚愎自用地继续向前攀援。

2014 年,女儿的诞生对于我来说是一个无比重大的事件。在这一刻之前,我是残缺的,在这一刻之后我得到了补全。我对于父辈的期望和思考方式有了理解,真真切切地体会着他们的期望和忐忑,并将同样的情绪倾注在女儿的身上,人世间的爱在我的体内获得了平衡,我在用冷静的态度观察这个世界的同时,也有了一个足够分量的切入点,让我将全部的热忱和责任感投入其中,阴阳交汇,方得始终。

在这个过程中,我领悟到诗歌不仅仅有批判和分析,更有对于这个时间博大渊深的爱。在当下,身陷家长里短、日常琐事是一种局限,遁世而出,成为远离尘世的观察者也显然不够,写好一首诗歌文本是次要的,作为一个完整且追求完美的作者而言,抱有一颗灼热的赤子之心,担负着对这个世界的爱与责任,观察她、理解她、并想办法让她变得更好才应该是诗歌赋予我们的使命。

很荣幸,能够走在诗歌的道路上,也很荣幸,在这个时代有那么多同行者。

最后,感谢为这本小集子付出心血的老师和朋友们,你们的鼓励和支持让我有勇气和力量继续走下去。

2016 年 9 月 30 日

辑一： **静思录**

哑 城 记

一个人的监狱，始于向着王座敬礼

——阿多尼斯

一

在哑城，只有少数人拥有嘴巴。更少的人拥有声音。

一个人开口时，全城都在记录，声音在耳道里反复死去。

公元前的传统被遵循至今，大部分人拥有吃草的牙齿，极少数人拥有不朽的舌头。

他们自称素食主义者，但他们从不吃草。

二

在哑城，发声是一种荣耀，也是一种犯罪。只有舌头蜕化得最干净的人才能合法说话。

他们把嘴巴的功效分离开来，只保留进食的本能。

他们是几千年前的幽灵，依旧徘徊不去，在哑城挑选继承者。

三

不能说话的人，五官都在退化：

3

他们的瞳仁不翼而飞，只能看见眼里的白色。整天，他们以眼白对视，并习以为常。

他们的耳朵遵纪守法，端正地聆听合法的声音——那些软绵绵但形容威武的声音。

他们的嗅觉有了新的功能，分不清兰花之香与鲍鱼之肆，却能嗅出风吹来的方向。

他们的舌头，兴奋地散播口水，用以骗缩各自的缺钙。

他们嫉恨发声者，是因为自己不是那个合法发声的人。

四

父辈是哑巴，祖辈也是哑巴。他们哑得很虔诚，充满技巧——不虔诚的人都死了，名字遮掩起来。

不发声是一种荣耀，金子与竹简，谁更诱人？

当有人握住地下的刻刀，在哑城恬不知耻地裸奔。他们就要付出代价，为他们不曾穿衣的肢体语言。

不，肢体语言也是被禁止的。"法律一视同仁！"精神上的哑也必须贯彻到肢体里去。

所有的神都要被消灭！

醉着痛哭的人，要警惕自己的呜咽，不能越过雷池一步。

五

我降生时，向父辈问路。

他在无处不在的灰白墙壁上写：

哑城没有路。

六

哑城只有一种颜色
哑城只有一种气味
哑城只有一种声音
哑城只有一条路

七

在哑城，我看到了他们的墓碑，那在一次又一次暴动
中倒下的名字。
他们被墨渍涂污，不可辨认。
生前的寒意，也带进墓穴之中。

八

我也看到了自己的墓碑。那个我向之问路的父辈指摘
我的发声，他说："就是他"
——这或许可以为他换来说话的快感和荣耀。
在哑城，雄辩属于死去的人，而我不是被挑选者。

九

有一条衰老的舌头，在火车站吹哨。他的哨声是哑城
另一个"合法"的声音。
他曾是前一个发声者的哨子，当他的哨声吹响，挡在
前面的人都要向两旁让开。但他的时代已经结束，它
成为了一条无用的遗弃的舌头。当他日复一日，在从
没有火车停靠的车站吹哨，他的哨声连众人的口水都
吓不退。

只有一个三岁的孩子被哨声吓哭——他还没有套上
笼口。
人们一边挤出嘲弄的笑容，一边为孩子套上密封的
笼口。

十

我还活着，但如每一个胆敢开口的人一样，我领到了
自己的墓碑。
精神上的死亡必须先于肉体！
我看见他们为每一个孩子套上笼口，寒意立刻穿透我
的立场。
人们为缄默鼓掌，为唯一合法的声音让出道路。
而道路是大地无法平复的创口

（我看见套上笼口的孩子们坐得笔直，但有一个孩子
却在写诗）

什么是诗歌？诗歌是不可言说之物
在哑城，诗人就是最伟大的罪名

饲 虎 记

身体里的猛虎很饿了，它一直在问
可以吃你吗？
可以的话，他会从脖子上来一口
并不放血，直接窒息
这是理性的食用方法，但有另一种可能
它会把我放归丛林，用带着怨恨与鄙夷的目光
把我赶入世间凡物的队列
将和尚从方外拉进来，与
将癞痢头阿四拉出红尘所花的力气相仿
我趴在地面上，寻找猛虎踏过的痕迹
但凡尘之心迸生的嫩茎反复刺穿我
风雨山川不动，而杀机四伏
我不住颤栗，迈不出一念之差
我畏惧的并不是作为食物的命运
我畏惧的是僧袍里刺血的经文
将被撕得粉碎
一朵火中莲终究不曾教我伏虎之道
应须如铁，面如生，白刀子进
红刀子出
某一天，捕虎的猎人或许会发现一具骸骨
拥抱着熟睡的猛虎，像一只忠诚的伥鬼
坐在虎皮的莲座之上

雪中记

此时我陷入大雪温柔的围城

那些绵软的小拳头，正在向大地调情

正在向人世间有板有眼的

棱角和轮廓抛媚眼

它扭着性感的腰肢，攀上清寒的梧桐树

找回隐士们的江水清音，缓慢地、坚决地

堵住它们的喉咙

还有些湖面没有封口

还有背井远走的信江

枯槁病瘦，却一去不复返

当然还有此刻消沉的我，冻僵了双腿，如履薄冰

这场雪后，一切将回到整齐和干净

但仍然会有第一双脚

弄脏比生命还要漫长的白色

岁末记

一

父亲说，年前要去趟西藏
去纳木错，去林芝，去阿里，去珠穆朗玛
但不去布达拉宫

他五十二岁，说这话时我正在想
如何打消他那不切实际的幻想
他又说，太多人为的东西总是很脏的

二

我看中了那枚玉坠
水头很好，翡色青绿，象征志向高洁
我相中它很久了，像土财主相中了妙龄的少女
就忘了自己的肮脏

它碎时，所有的青绿都在挣脱
好像古时候那个叫绿珠的女人
说："愿效死于君前"

三

刚才，雨下了三天，
冷空气要劈开我的头盖骨
劈开就劈开吧，洗去里面结冻的油墨
就能下雪了

四

赣江越来越细，像一条
长满血栓的血管
我回来后，也变成了血管里的血栓

五

前方五十米，那个跪乞的女孩正在冰雨里痛经
痛得蹲下身子
痛得满脸发白
痛得手指死死
抠进了雪泥中

2012年就要过去了，大家都很好
我们温暖，祥和，心怀感激
世界末日只是虚妄的谣言

执烛书

我没能留住下午的光
黑暗里，我摸到的每张纸上都写着后悔
今夜停电，让我的生命
在压抑中又燃烧了一截
十年前，我胸中的苦闷比现在少
而抱怨比现在多
青年的愤怒正在体内转移
变成牙疼、胃痛、肝区不适
想当年，我抚摸命运的脸
那一个吻总是如期而至
不曾做早课晚祷，却
时时感到蒙神祐庇
让我还活着，缄默地走到现在
蛇形的闪电游过窗外
今天上午，有位少年时钟爱的球星告别
球场。许多年后，依旧有人倔强地
怀念、叹惋。他们还会声称——
我见证了他的崛起到隐退，也看到了自己
像一棵年年落叶的树突然停止了生长

绝 交 书

姓魏的铁匠在林下走远了
姓管的大夫在云里消失
每念及此，生活就用燃烧的胃提醒我
食物不会从无中来
你看着我，似有话说
有话就说吧。布衣蔬食，皆可维生
我还没确定何时放弃
何时可以低头？
梅花就开始告别，去复去兮如长河
什么时候，我能正视这些清高的恶习
功名不过是长脚的帽子，物质也只是一场浮云
还要说些什么？
钱姓农家的村醪待价而沽
我便不再走访，鸡鸭也免于一场他杀
纸面上的骑墙派大杀四方——
地主狠不过知识分子
有时你的怜悯里藏着很多信息，但
别说了，最寒冷的天气我也挺过来了
没看过结果却看过花开
没看过云蒸霞蔚，却也
知道：一柄最钝的铁锹也能砸出血来

病 中 书

一场大病。两天卧床。三餐流食
诗人的胃遭遇病毒的滑铁卢
希尼说：诗不能阻止一辆坦克
我能证明：诗甚至不能阻挡致病菌
病毒的刺刀搅浑我一肚子的酸水
一切就此歇业。停止咖啡，停止茶，
停止厨艺，停止水果，
停止上网，停止读书，
停止杀生，停止幽默感
这几天愈发吊诡，连做梦也停了
只有晕眩不停，晕眩大行其道
晕眩让一个喝茶的人举手投降
晕眩让窗台上的牵牛花大声喊渴
晕眩让我想起民国二十年的那场空难
林女士正靠着书架上的徐先生
曼德尔施塔姆与隔壁的夫人写信
王小波携门罗夜奔
我从床上拎起自己，牙齿是软的
骨头是软的，肌肉和内脏更加绵柔
全身上下，唯有眼神尚且坚硬

漂泊书

如果另一滴水对鱼来说是异乡
我拥有一片大海
如果另一棵树对树叶来说是异乡
我拥有一片树林
我无法回答你的问题，为什么
漂泊不休，像毫无忠诚可言的
乱臣贼子？
再没有什么好交谈的了，那个板着脸的铁匠
在温柔的节奏里打出我青年的躁狂、失眠和焦虑
我死命抗住生活的锻打
是不想像一颗钉子，被敲入固定的针眼
不想像一颗行将成熟的果子，
览遍风景却无能为力
一旦我落地，就会生根
这是多么可怕的事情：一个人
自愿砍掉双脚，成为植物
平安长大，平安死去

困 惑 书

家园的主人在水田边洗手
这一幕飞快进入我的眼睛
像一颗从未在枪膛里存在过的
孤单的子弹
白鹭在水田里发呆，思考自己缥缈的一生
当火车从它的时间中离开
密集的灌木丛才闪出一行坚硬的、无边的铁轨

秋 分 书

我找不到一个人谈论秋分
九月二十三日，昼夜同长，话要少说
应当授衣，应当为某个人写一首诗
应当模仿小巷子里的系马石
在体内盛开陈年的幻想，在虚无中等待
系马的人
若是有人停留，就与他饮酒
若是有人问路，就请他留下

寒露病书

清明病一场，然后是处暑，仿佛身体里
某座祭坛不再完整
白天练字、读诗、压马路、吃水煮
杯盘狼藉中某人的口水有毒
必然我是干净的，但小县城，东湖畔
扬汤畅飨的其他人不这么想
事物神秘的一面依旧居多
破晓前病起，方能听到
扫街的声音，睁着一双幽暗的绿眼
仿佛一对刚出土的青铜弹珠
一条街上，它走得最慢，
却最仔细
不信问问他，那些你总混淆的地名：
梅树园、牌底、市委、最早开门的早点摊
房间里的某扇门吱呀作响
或许有个暗物质里的古人正与我同居
掀起窗帘，碰碰杯子。哦，黑暗中
一切都能悄悄进行
破晓后，神秘之物终将落地
屋里的异响是风不是古人
那对青铜弹珠里有一只是无钱医治的青光眼
我的病源自吹坏了秋风

寒露的风呵，轻浮者很少在意
它在我们头顶走走停停

与清风书

那些年城市在发冷，樱桃树
沉睡的地方，拱起坚硬的高楼
如同生锈的性器。他离它很远
他离东边的篱笆更近一些，他想变成
燕子或杜鹃中的某一只

步入中年的男人在月下做梦
（与一只眯起眼睛的花猫在草丛间相遇）
南山的春天还剩下一半
清风来时很轻，从后门进，从窗户出
清风在翻他昨夜摸黑写下的羞涩情书

与樱桃书

时隔多年，每当他想起樱桃
冰凉的甜味就在嘴唇上游走
他想把窗户关上，却
被风雨打开了五次
樱桃树洗得发亮，他预感到了改造后的生活
雨停那天，孤独让他变薄，锋利得像一把刀
剖开压低的积雨云

定 风 波

车过信江，突然下起雨
漆黑的江面被雨水的针尖拥抱
天意不可揣测，天气也是
不敢说的话还是不敢说
不敢做的事情还在犹豫
在江水和雨云之间，那个被剥夺命名权的人
还在生硬着，像冒名顶替的仿古建筑
在别人的地基上代表无关的历史
许多人在终南山隐居，带上手机连上 wifi
用漂亮的锄头耕一耕怀旧的土壤
而他只能把自己藏在别人的身躯里
从一片人海汇入另一片人海
从一条歧路跳向另一条歧路
真好，他跳起来时
偶尔也在寒铁般的江边试着定一定风波

那失去的

所谓失去，就是从原本井井有条的生活里
消失。比如我女儿的两只奶瓶
从高处携手跳下，行踪成谜
比如院里白底黑纹的花猫，地面上斑驳的雨痕
先于冬季一步离开
这些我从未意识到的插曲在某个角落
悲喜交加地发生、纠缠
天亮时我能感觉时间换了一遍
昨天的我两手空空，退入过去的幕后
闪耀的也是短暂的
比如某个时刻曾指引过我的雷雨
现在一切都在慢慢地腐朽
我，和我换来的易碎之物
我们仿佛水中月
随鄱阳湖的干涸浮出水面

车过唐朝

他决意要逃回唐朝时，列车正在减速
他要逃回的唐朝在夜色里闪着光
这个唐朝，不是公元 6××年—9××年
不是《三百首》里的某一页、某个人
但可能是某条路，某个在话筒前
声嘶力竭的中年光头
唐朝可以是一切事物的学名
仰天大笑、抽刀断水
它也可能不存在，无数次拔剑四顾
在窗边一掠而过
黑暗的石窟里，还藏着一片 7××年的冰心
浸透泛酸的陈年阿谀。官拜七品的
夜郎国主，在单位里趾高气昂
"翻开牌面，比大小吧"国主说
鸡声茅店月，人迹板桥霜
都无所谓，一个县级市也可以有输送不完的难民
这些被贫瘠的古意逼到转角的人群
跛脚、眇目、患有软骨症、寻求理解
是夜，车过东乡、进贤，有位先生囿于抑郁
向窗外展示自己的梗塞
像唐朝无所不在的浪漫和倦意

岸

那时候，你企图渡过这条河，站在那边
满足一种成就感
你从华南启程，游历半壁江山
头衔在白领、游侠、公务员中变幻
到现在终于变成了无法分辨的某某人
爬过的山也有那么多，但在山顶上
你往往看到暮气深沉
你努力登顶，饮风啜露
而化外之人命令你天黑前必须体面地下来
过去的你对一切充满了好奇
对院子里那棵桂花树保持感性
今天一切都很平常，肝区不适，肠胃偶恙
你每天在厨房里变身刽子手
在办公桌前变身黄门郎
你不是你时，风声胆战心惊
祖国幅员辽阔，岸在神秘的地方
漂流
你不惯多说自己的孤独
因为孤独本身不可言说

渴

它是有多渴呢
整张脸埋进池塘里，只有
一串潮湿的耳朵还留在外面
植物拥有自己的好奇
我们看着它，像看着泥沼里的自己
那些年离开的朋友多音讯全无
最近的消息，李君刚从剑桥毕业
是否回国，无人知晓
王小姐在波士顿，婚姻幸福
她留在国内的暗恋者前几年去了雅安
支教，写诗，偶尔作画，布上全是梅花
暴雨如鞭，挞出它们全部的后悔
九九年，我曾落入同样陈腐的池塘
幸免于难。那时耳朵就在聆听
年复一年
青春如流光，在池面滑过
路过的人悲从中来，向它吐露心声
而它从未泄密，只是机警地退入池塘
解开缰绳，确信无人能寻到漂流中的自己
甚至它本身
也寻隐者不遇

活　　法

我活着，不得其法
就像一滴败兴的墨汁落在八尺屏上
风来时我躲进小楼里了
早晨醒来，眼圈又黑了一圈
真理简单但生活更简单
时至今日，猛虎在万丈深渊里看我
"虎兄，借皮一用！"
但虎兄也有自己的难处，家家
有本难念的经
我在北极阁边极目信江
这条水酷肖家乡颅骨里的血栓
月亮还长在天上，小城市里的售票员还在
对我瞪眼，而我
被插队的男人推出队伍
长安很远了，汴京站已经取消
子美兄，我觉得我迷路了
我被穿越到了现代
晚上我又躲回小楼里，心包经躁动不安
这个盛夏，我率先嗅到了萧瑟的秋风
清高者多死于清高
而身体里的非我
饮招安酒，命长得足以一笑泯恩仇

无 我 相

我活着，确凿无疑
不是某个逻辑的幻影，哲学里的绕口令
我站在地球上，安守本分，没想过什么时候
去月亮上证明自己
我刚学会走路的时候，就开始摔跤
直到今天，依旧跟头不断
我在赣北喘气：嘿，断断续续的赣水你好！
坚硬的掩体你好！
我也接受陌生人的投宿，第一天晚上
它们就化形而去
我说话、聆听、喝酒，都有自己的方式
我不说话时，也许是伤心，也许是疲倦
也许是在等待时间的纪念品——
花开一季，就会留疤
我的身体在衰老，无我相，无人相
但有朋友圈，常对人说些无法言说之物
偶尔轻度抑郁，煮杯咖啡就好
城池正在崩坏，或者从未存在
有时路遇熟人，大大咧咧
他说："你还在某单位吧？"
其他时间，留在这个世界的入口
繁花如雨，我只面向自己的肉体

我们说说樱桃

我们说说吃樱桃的过程，完整地、撕裂地，
汁水飞溅地吃樱桃的过程
圆形的，心形的，咬去一半的樱桃
那些娇艳的小心脏还没有遇到梦里的人，
还没有享受烫伤人心的经历
她们的野蛮、骄横还拥有理直气壮的语速
在夏天，向一切雄性动物散发致命的诱惑
我们说说无形之箭从欲望的肉体里迸射
风俯身鸟瞰的大地长满湿淋淋的青春期
云中谁寄锦书来？工厂和医院，每个细胞里
陌生人也在借助樱桃吐露心声。那里有你的母亲
她在三轮车边细心挑拣，盯着秤盘的眉头紧锁
她曾经也是一枚可口的樱桃，如今只有匿名的姓氏
最后我们说到那个作茧自缚的小男孩，
在1999年夏天昏黄的白炽灯下，在铁皮房里
凝视一枚干净、冰凉、鲜红的樱桃
那时候，他的骨头还没有在体制的站笼里生锈
他简单的爱情在一个下午的凝视中
提前找到了出口

周末我们驱车看鹤

花一下午时间去看鹤
这种古诗中的鸟类，在宁静的水边
在赭黄色的管理员小屋旁
自在觅食
我们的到来没有惊扰到谁
青铜色的落叶，典礼柱般肃穆的
松林间，鹤在沉思
有时它们张开翅膀，并不为炫耀什么
湖水在远处，无遮无拦。
这座城市的另一个角落，我童年时眼看着
修建起来的天桥
在机械的轰隆声中，一点点被拆毁

K5859 次列车晚点为记

火车晚点时，两个地名之间的
距离没有减少
某人一生的旅途却在消失
明天，他就要出现在另一个地方，而此刻
他还在一座冰冷的候车大厅里枯耗
抽烟，质问，焦灼地咆哮
"我一生都不会忘记这个最黑暗的时刻！"
当然
多年以后，他甚至不会记得
那次失败的潜逃
当他下定决心不顾一切归隐的时候
列车正在起点让车
它慢腾腾地启动，助跑，迟迟回不到加速上来
而那个不耐等待的人早已被命运的疾风送走
如谶语一般，水鸟高飞，夕阳低垂
光阴所剩无几
他内心的野马挣脱了缰绳，跑没影了
因此，晚点对他来说，不过是人生必经的
小插曲。春风日复一日
吹过万物生锈的表面

在盛夏， 与一颗樱桃遭遇

我们讨论黑塞、雷蒙德·卡佛、马孔多的姓氏
口干舌燥时，俱都盯着这颗樱桃

她汁水饱满，色泽光鲜，仿佛凝固在照片里
要咬过才知道，此刻她是真伪难辨的命题

"谁先拈取一颗，谁就是美学的凶手"
旋转的扇叶掠过头顶，女儿翻了个身

樱桃从实体中逃脱，我们锐气尽丧，一整晚都在
用她的属性对抗酷暑里的育儿经

风吹过的是你们的夏天

你们的白鹭错过了几个节气
但樱桃还是凉的
你们的枝头，果子还是饱满的
但甜味已经消失

你们在梦里寄出的那份快递
醒来时已忘记了地址
风吹过的是你们的夏天
风吹过的是沉默的语言

便　签

我唯一要说的，是保持安静
铭记对一切事物的敬畏、爱
与慈悲
你不能拥抱的才是世上的真理
无聊就做做梦吧
昨夜或许有风
但我不在风里

你问我为何总是沉默

白鹭说：春风沿着河岸绿过来
就是在说，春风是刚温热起来的食物
是幕后的女子
坐在上游洒下的生机。白鹭的勇气
来自干净的心肠
它一生中最复杂的思考，就是如何与一个人
分享苍绿色的黄昏
它抖抖翅膀，羽毛
在迟暮的春风中松弛下来
不说话的时候，它的脖子保持谦卑的弧度
此时，春风未尝不是一条扼颈的蛇

时光巷咖啡馆

时光长，且窄。咖啡馆是一个谜
我们到那时，天色尚早，开始讨论诗歌
这年头，饮咖啡的诗人比饮茶的多
饿死市间的诗人比饿死山林的多
我没钱也没病，不喜欢诡计
居住的地方是一只行吟的兔子腾出来的
它于前天出门，寻找小红帽的外婆
多年以后，腰缠十万贯，骑鹤下扬州。
别自寻烦恼了，造句游戏才是我的钟爱
正如这个时代钟爱咖啡因
正如我知道的那条鱼：
细沙砌成，背生双翼，没有电话号码
它做梦时，也喜欢饮咖啡
它是一把重要的尺子

埋铁之处

若有为难的事，不妨与 A 总聊聊，换些唏嘘或晚餐
不妨与 B 老师畅饮，切记需要预约

不妨回到 1999 年，我们不关心值钱的东西，
偶尔劫道是为看见这世界上软弱的一面
班集体出了三个败类。女老师的口臭扑面而来

也不妨躲避蝴蝶的翅膀，在电线杆后尾随女神
在梦里说面红耳赤的话。骑车。游泳。养蚕。

收集蚕茧，去换取一枚樱桃的青睐
去陷入光怪陆离的稀薄爱情，对自己赤裸

对他人忠诚。人生在世，献身自由与
探寻真理一样重要。青春是一场蛊惑
盗版书给人以智慧，我们与世界彼此消耗

有一天，我们洗去手臂上的文身和倦意
庙堂与江湖的界限模糊不清，激情死得不能再死
我们找到原先埋铁的地方，葳蕤之处令人胆战心惊

雨季感怀

长雨十日不息
赣东行将发芽
我在病中，饮白粥
口中淡出鸟来
灯影投射，对面的人家
大概会以为我在独酌
厌食症
在独酌中放大
红袖在两百里外的豫章
香气在雨水里消尽
这种天气，李义山也曾在巴山写信
而我剪烛不得，灯光灭明，再灭
无法登高换灯泡
古意在嘲弄我，诗性全变成尴尬
雨水没完没了
"君问归期?"
"未有期"
一句话可灭长安明月
但女人会有心酸的回答
她大概会重新回到针线上来
用针尖勾勒阴暗的信江河

杯　　中

我不在时，杯子空了七天
满满都是寂寞，无人与她亲吻

十二月如冰水，噤口令
冻僵了我的膝盖、嘴皮和身份证

人世间的冷漠不外如是
这么多人，这么多集体
只有一个失语的诗人

你可以把心事都讲给他听
像清洗一只蒙尘的杯子

口渴的人，就一饮而尽吧
连同那些经年的心事，穿石的激吻
回忆里令灵魂悸动的寒冷

死亡检讨

后来，我去登山
骨头喀吧脆响，年轮里的风暴几不可察
早就戒掉咖啡、感伤和拥抱
养过的猫也死于绝食的愤怒
有时看着麻雀在地面觅食
那个温暖的终点会越来越近

我会想起少年时犯下的错误
穿过那些重要的死亡节点
一棵拦腰锯断的老枫树
一条将干涸的尸体
一个瘫在马路边哭泣的女人

有一年秋天，阳光闪耀，梧桐叶子黄了
我匆匆编写材料，陌生人在体内死亡
巨大的乌云从那时开始酝酿

门

这个世界上有那么多扇门
每一扇都紧闭着

每一扇门关闭的方式都如此强硬
每一扇门，都被背后的手臂左右

每一扇门关闭的时候，我就感觉
一个世界被裁成了两半

突兀出现的安静像是孤独的铡刀
我摸摸身后的木门，确认与墙

严丝合缝，没有翘起任何边角
我拒绝向他人汇报我的思想

镜中荒草

家事如麻，你在每一间房间里走钢丝
对一棵松树表示敬畏（但它没有认出你）
在夜里，偷偷烹煮松针
这些坚硬的细密之物蕴含着某种偏方的智慧
明目、安神
但临近中年的焦躁让你无法安定，身体里
仿佛无数只松鼠正在跳舞
你想过，蝴蝶破茧之后，身后事就与它无关
但你的身后事还需要料理
我们知道的，是你在镜中站了一会儿
把一口长叹还给了松树
你因此具有了某种
隐士般的解脱。你——
来自二十一世纪的古人
生活一团和气，米在缸里，水在罐里
斧头在暴雨的通缉里

梦里看花

春天，多雨，复杂，一个好园丁。花香早早
袭来。像不合时宜的爱情，压在你冰冷的心上
像要把你烫伤，把你从异乡的土地上
烫回自己的故乡
什么时候，流落成为一种常态
背井的人，占据新时期的流行
一只高贵的蹄子，你心头那匹
会做梦的黑骏马
总在不安躁动，总在把你领到道路面前
三月，迎春花开。四月，樱花开
你在陌生的都市历数故里，现在看来
你怀念过去更多一些，讲述更多一些
但罕有听众，每个人的耳朵都在歇业
有嘴巴就够了，有金碧辉煌的王室建筑就够了
故乡的黄土又飞高了几重，你在一场大梦里
历数自己的脚印，泪水和乌托邦
你饮酒是出于失意，看花是偏执如病态的习惯

无 根 水

你的膝盖已经酸了
一根敏感的柳条在关节里抽搐
它在送别素未谋面的寒潮
潮湿的空气里，它在一点一点生锈
把衣服裹紧些，古代的苦闷在胸口冲撞
但冲不出这口井
任何年代，你都没有拥抱过我
只是慎言
只是苦闷已经吻过了爱情
这一年的春天才刚发芽
但水已离开它的根部
它还是水吗？我还是我吗？
两只灰鹭站在水边发呆
安静得像闪着微光的余烬
太阳静悄悄地，火车开始加速
世界沿着铁轨向后倾倒

当一杯咖啡泼在书柜里

一杯咖啡泼错了方向，那些被滚烫惊醒的修辞
那些在纸上搁浅的语言
它们在时间里醺醺然，像厚重绵软的油脂
对妻子缪斯色情谄媚的感恩
这些文学史在一杯咖啡的苦涩里哑口无言
而咖啡因在某一页潜伏下来
褐色暮霭里的书籍，作为印刷品的生命
已行将结束，但作为文明的历史
却对我宽容地笑笑
巴尔扎克说：这只是我三万杯咖啡中的一杯
而李白与杜甫尚在褐染的故纸堆中宿醉
凉风起天末，君子
未醒。且将他们小心地摊开，晒晒太阳
动作须轻柔，像对待我将满半岁的女儿
夜啼令人心惊，但娇憨之处
甚为可爱。每日需下楼游玩，对其他孩子露出
莫测的微笑，像在隐喻什么
或者张牙舞爪，像尼采神秘的歇斯底里
狂热、与这世界另一种形式的相爱
其中禅机已统统用翻身表达
还有一个灰尘里的抽屉，或许藏有重要之物——
奖状：小学生演讲比赛三等奖（二十年前）
旧手机：所有的号码都泡在苦涩之液里

团员证：字迹潦草，辨不出姓名
两枚"孝"字黑纱：在咖啡里湿皱成团
像得到它们时，在夜雨中，在泥泞里，与旧日亲人
道别
在麻木哀戚的寻常表情后边，海水幽蓝，医院的昏黄
帷幕
刺眼如浮云

凌晨三点

凌晨三点，货运火车穿过城区
如果你醒着，必然不是等我
雨水的引力可以连接一切睡眠和冰冷
你被粘住的眼皮
和你从虚空中突然冒出的恐惧
在一场连绵数周的雨水里自我稀释
我在你的体内坐井观天
当货运火车在钢铁的套子里缓缓加速
作为一个神经衰弱的人
你必然被汽笛惊醒
这时信江水满了，打着孤独的响鼻
众生坐在带状的水边
灰尘很轻，我比灰尘还轻

迷雾世界

铁轨到一半就断在雾里了
车窗两边谢顶的土山,伤口
在雾里藏得很好
这个季节看不透远处
万物如谜底般陌生

人们戴着耳机,在车厢里睡觉
玩手机,在迷雾里揽镜自照
教育孩子时,我们说世界是危险的
软弱是可耻的,先走进雾里的人
才有权利独享苍白

樱　桃

樱桃藏在冰里
夏天，樱桃是一场事故

樱桃冻伤青春期的躁动
子弟学校里，那个未成年的小男孩
还没有学会忍受诱惑

他对美好事物的态度还很简单——
爱或占有。他肋下的翅膀羞涩而拘束地收起来
露珠如翻涌的星光将他击沉

假如有一天，他大胆走进樱桃的世界
整个夏天在他体内冷却
他会看到樱桃酸涩苦闷的一面
某一时刻，他会警惕得像来自另一个世界的宿敌

我还是对发烧记忆犹新

多年以后，我还是对发烧这件事
记忆犹新，贴满旧报纸的
小房间，挣扎跳舞的烛火

多年以后，在绿宝石般的夏天
一场雨再次击倒我
中药的苦味里，瘦弱的中年女子
进来，伸手摸摸烛火的热度

手掌苍白、冰冷
夏日炎炎
雪亮的赣江从窗外向北流

别理会那些冷场

别理会那些冷场
别理会那个在你病中抽烟的男人

别理会一场连绵十日的长雨
别理会木头窗台长出的发霉的耳朵

别理会树林，集体不会为了一只失群的
麻雀痛哭失声，别理会垃圾场

别理会骄狂别理会放纵别理会官僚主义
别理会轰鸣而过的摩托车，别理会雷声

别理会在历史书卷里找到的虚弱的革命
你三千年的孤僻症，还要一直病下去

异域梅花

我住在家乡的房子里
梅花开在酋长的土地上

那时候，大地温暖如炉
梅花最初开了几枝
长满倒刺的香气，当年就像
崔莺莺
坐在香闺中

雾中的工业时代

工业时代，上帝把教堂收进雾里
屋子很矮，樱桃树和玫瑰园也在雾中

亲爱的，这个消息并不确凿
宣谕的信使骑着机器
轮廓不甚清晰

城市的雨

我在湿漉漉的风里
听见雨滴告别的响动

听见它们跳上房顶
跳进排水沟，跳在雨棚上

疑惑：高楼像树，人像根部的芽苞，这片树林却怎么
杀机四伏

它们扯着嗓子奔走，试图宣泄某种不安
躲进更危险的喧嚣
我隔着窗户，想起那时候，我也是一滴雨

远处是工厂，再远处是矿山

青 春

我有一颗好果子但我却流连集市
和每一个小贩讨价还价
在一筐筐果子里
挑选看起来更鲜活的某颗

我有一颗好果子但从不食用
精致的伪装藏在身体的最深处
我关紧每一扇窗户，生怕
果子的香味飘洒出去

同样被我关起来的还有一湖未成形的风月
一方辛酸的山水，一些爱过却遗忘的人
那些阴沉沉的黑云，笼罩在果篮上空
我看着我的果子，看着它苍老、起皱，光洁不再

等到那个时候，我再取出它
拿去泥泞肮脏的集市换取毛票
那时候，它内心的核必然干枯
必然不会闪烁，没有热血，不使星空颤动

我们翻山越岭来谈爱

当我们翻山越岭来谈爱的时候
我们不谈翻越的山岭、裸露的缺口
和它核心坚硬的岩石
我们不谈青黑色、摇摇欲坠的瓦房，和里面
警惕的眼睛与焦虑的犬吠
我们甚至不谈你因为激动而起身时
被抢占的座位和失窃的钱包
我们谈的爱，不包括以上的疾病
这么一想，我们似乎什么也没有谈
除了你在日落时分，凌迟了那枚鲜艳的苹果
然后起身，把座位和钱包交给对人类的爱

手

第一次低头看自己的双手
撕开的角质层，指甲上即将消失的月牙区
粗糙的茧，毛细血管爆裂
而出现的红点
还有一些伤痕，从懵懂无知
到艰涩无奈
这多像我流淌至今的生命
我无从得知，它不动声色

我凝视它，十秒钟
一生中这样的时刻没有几次
幼年时，我在消失的夕阳里发呆
不理解人世间的死者
在最后一刻，突然抵达的松弛

一生能走多远

这一场梦里装满你的烦恼，温度和生长期
这一场梦里，你自己的城市在延伸
向东边，向南边，向上海，向深圳
一生能走多远？你在中国的边缘
小心提起滑落的脚步

你在钢筋的夹缝里读诗经
在房租和催缴单里，辨认过去的影子
逼仄冰冷。在滚滚车轮里
抛弃野性和爆炸的火星
你一生的敌人从纸面上探出头来

疲倦，自卑，神经质。在暮色里跌疼
在提醒你，妻子甩下的家务，幼儿的奶粉
厨房饥饿的米桶。一生能走多远
这个问题取决于脚
和鞋子的性格

甜蜜危险

你看到的一切都在变化

工蚁企图改变性别，爬上蚁巢的顶端

气温直转而下，迟迟不举

薪水和职称挂钩，与诗歌无关

生存是危险的游戏，你必须适应

适应坐下来的人在慢慢等死

无根，分裂，游刃有余的语言正在退化

每段爱情都滑向梦醒的边缘

第一期诗人聚会里，那个脾气暴躁的光头

被妻子和幼儿修理得鼻青脸肿

某年某月，另一个长发诗人

把身体借给奔走的河水，变成纸船

整整一个春天，你潮湿的耳朵积满尘垢

体内的野兽也在发霉，熬瘦新一年的骨头

好几年了。从前你多年轻，像早晨刚栽下的橡树苗

在雷池畔徘徊，在路边摩擦双脚，却始终

不敢僭越一步

少数人的宗教

直到那时候，你都还记得教义
清风是左护法，明月是右护法
竹林间的白鹤是神秘的使者
每一次出剑，都是唐朝的月光
流进酒杯里。一卷青色的诗集，
可以代替脚下卑小的气根、褴褛的乞丐

直到那时候，菜刀在泥土里生锈
四个轮子的钢铁怪兽咆哮着争夺先行权
暴力美学在臆想里上演，脸皮苍老麻木
衰败的颈椎不堪呼吸的重负
百无一用。你听见扶棺的右手如此定论

明天的午餐在乌托邦的桌上
等你去取。你去取
经过几条河的岸边。等你到时
明月清风不知所踪，只有

你曾抛弃又拾起的臭皮囊
在风雨交加的黄昏悚然坐起

困　马

我用城市困住一匹骏马
以散养的名义
和自由的筹码喂饱它的食欲
我放开它，在城市里夜奔
不用枯燥的教条拴住它的马蹄
甚至不阉割它的生殖器
并用翅膀的隐喻，放纵它劝诱其他同类
啃食夜晚茂盛的牧草
骏马如同城市血管里奔流的氧分

后来，奔腾的马群来到城市边缘
面对枯瘦的野马
迈不出去的一步成为心头耿耿的刀伤

整个夏天我都在怀念那棵樱桃树

整个夏天我都在怀念那棵樱桃树
鲜嫩、甜美、略带羞涩

但樱桃树不属于我
（因此樱桃也不属于我）
那些水红色的果子在每个夏天挑逗我的胃

有几年夏天，樱桃伸进我的院子
像一个大胆索吻的少女，鲜嫩、甜美、略带羞涩
让我发疯的味道，那时我像
这座城市最快乐的新郎

那年夏天，樱桃的主人砍倒了她
——他胃不好，不能再吃酸
那个老头子，穿着泛黄破洞的白背心
砍倒我的初恋
谁相信呢，他还对我微笑

我一直记得：那年夏天
他一斧头一斧头
切去我体内蛰伏数年的毒瘤

密云不雨

园丁走了
屋主人走了
一日三探的邮递员走了
客人们走了。门可罗雀，甚至
麻雀也走了

樱桃树走了。成排成排的
玫瑰走了。紫葡萄趴在铁架上收拾行装
该走的都会走，连野花也会走
一干二净

很快，乌云也会走
这死气沉沉中唯一闪烁的眼睛就能看个清楚
上有星空，下有大地

下午三点听一首钢琴曲

沉重的黑键
扫过的手指在下午三点打铁
这一刻我是这么想的
从耳朵里溅出了火星

我构想一个
类似嵇康的乐手
四十多岁，钟爱打铁
总是用铁打出生不逢时的声音

我就不如他，下午三点，我
像泥瓦匠一样忙碌
像黑蚂蚁一样油亮

像哑口无言的树，长出充饥的果实
也长出果核，隐蔽，坚硬，不可食用

偏 头 疼

一场内战，在东边，在深处
在晚上煮茶，提神。在写字楼加班
在爬满红锈的机器边轧钢
红锈好像梅花
在茫茫海上想念杜甫的草堂
我开始头疼，右边右边右边
在睡前摘下自己的脸，还要再厚一些
这场战争，就要告一段落了
左边的大军集结三百万
右边只有樱桃树，很香，略带些酸

三月寄别

三月的一天，我送别一个人最后的影子
离电脑不远的地方，水
像时间一样蓝
树林朝一个方向鞠躬，白鹭
刚离开不久

有人在远处竖起耳朵，像
餐桌上的犹太，在这起伏跌宕的世间
喜怒、别愁，都退回体内，收起锋芒
苍蝇的幸福是吮吸一滴糖水
集体的成年尚需时间，不如让这个世界先睡？

三月的一天，一个人最初的影子
终于消失，那是唯一的，沉在波涛里的
船。神说：要有光
事就成了，大地分开在脚下，水在树林间
穿梭

在大地上搁浅

总是这样，你放帆出海，我挥手送别
总是这样，没有例外
有时候我想，总有一天，我也会
乘桴浮于海

像非洲的野羊们，从塞伦盖堤草地
到马赛马拉，途经马拉河
在雨季来临前，我还有时间
等你赶上来，诉说对好腿脚的怀念

等你老了，我就弯腰，把你抱起来
雨水破空而来，在大地的表盘上
疼痛像潮湿，在所难免

逃离 （组诗）

从明天开始

从明天开始，门牌更换，地址漂移
户口本在柜子里幽怨
邮差和电话找不到你

人衔枚，马摘铃
你在静谧处，生火，做饭

纸上的大草原

画一些草，一个低矮的山丘
画一些羊低头吃草
画一团云
再画一个面目不详的自己

在草原上策马

你想做很多事情，但天光已黑
你只能在草原上策马

一匹黑色的马，偷来新鲜的夜色

你抱紧马脖,在颠簸中闭上眼睛

你痛苦地说服自己,胯下的不是长凳
迎面扑来的不是沉默的墙

你和一只鸟

你只与它对视一眼
就感觉到拥挤

膝疼

天转凉了,开始下雨
南昌、上饶、宜春的兄弟
都在淋雨

深圳只有一人
你读到苏轼在岭南醉卧
风湿痛从膝盖里钻出来

一辈子是多么漫长

一辈子是多么漫长
下午五点五十分,太阳落下

你和一株桂花树,坐在公园里
草莽覆在额头上

雨落在高处

老乞丐、胡琴、放学的小孩

"给你吃——"递到眼前的红苹果

身体还没泊好，在马路边
灯暂时点起，锚暂时抛下
你擦洗云南来的银器

雨落在高处
大批人在伞下偷渡
你告诉我，你把他们甩在多前面？

辑二： **鸿爪录**

狮 子 峰

今天，山谷里泛滥的游客
在山溪边、在稻田里庸俗地留念
在吊桥上肆无忌惮地摇摆，高声嘲笑
腿软的人
他们轻易爬上狮子的头顶
对隐秘的事物懵懂无知
我们也许需要取暖，但不在这里
也许需要温情，但也不在这里
这一头闭目养神的狮子，
威风凛凛的鬃毛在山风中日益脱落
我们说着同样沉默的老式语言，但
我该怎么接近你，触摸你尘封千万年的内心？
对你来说，我们只是尘埃飘落的一瞬
慵懒的狮子呵，发现路边墓碑时我只感到苍凉
我们的一生像一把不断磨钝的利刃
在山头上，二十一世纪某个白昼的
最后几秒钟，恢弘的夕阳冲过山谷里的稻茬
神秘的金色之后，黑绿色的油彩就沁入了狮子的一生

致无名村牌坊

你被一列火车领到我的面前。作为石质建筑
你很健康，规格完整
在我不知其名的村庄前，你指引一条小路
和道路上疲倦的拖拉机
我可以把其后的建筑群视作你被熏黑的内脏
把你向两边延展的飞檐视作
一种关于守护祖训的象征
如此，绿得发媚的水田就是你风雨中颤抖的肌肤
那些人类，就是割截你身体的蠹虫吗？
你从里到外透露着平和的幻觉
好像在这场席卷南方的暴风雨里，你只是
在两叠瓦片下抚摸着那些顽固而饥饿的首级
并将突然亮起的闪电栽在低洼的田垄上

白鹤湖边

你把翅膀亮出来，告诉我
是白鹭而非白鹤
仿佛我向你摊开手
是人而非凶手

你不会为官方的名义修改从属
正如我不会为上位者的不快修剪舌头
我们共同在湖边摇撼某棵松树
孤独从人群中解脱出来

我们都在嗅自己的空气，你往水里去
湖水的镜面被你揽在怀中像一杯茶
我也想揽住我的世界，在这安静的时刻
我向白鹭坦白内心的忏悔

在瓦尔登湖畔，我曾为煮一杯中国红茶
把松木劈开，丢进喑哑的炉火里

车过抚河

暗青色的，流动的铁
渔栅伸出水面瘦弱的胡须
不合作的绿藻、夕阳，水面上一闪而过
火车的倒影
我一直在想，我们的到来意味着什么？
我们的离开意味着什么？
我们没能留下的足迹代表了什么？
在中途停靠的每一站，我们让视觉里的记忆下车
而在终点，我们抵达的已是另一具肉身
面对河流日益消瘦的本体，我们无话可说。
尘世之心躁动不安
它太狭窄了，不足以盛放那些漂泊的菩提
即便有鱼囚于其中，如我们囚于人间，白鹤囚于大
气层

信 江

那次，我陪一位陌生的朋友
沿信江走了很远，孱弱而抑郁的信江
我饮江水，以之煮饭，每一天
从米粒中嚼出重金属的味道
信江之大，令我欲辩忘言
到了晚上，明月出于江心
霓虹染于滩涂。东坡先生
你的诗意当然不会发生于此
白鹭以粗糙的剖腹对抗盛夏的燥热
我用狭小、潮湿的河道洗涤自身（或曰自污）
藏明月的阴影入怀
我往来于信江与赣江之间
在盛世里重塑流民的身份
时至今日，野心已是一剂霸道的毒药
诿言与谎言乃是灵验的药引
我在斯，为一万名蔡京捧靴、磨墨
却只为一名东坡接引

鹰潭路上

我开始好奇这个词的出处——鹰潭
最早喊出这个名字的人在哪
目睹一只（或一群）饥渴的老鹰
打磨它们的爪子
那时必然夕阳西下，醉酒的汉子
倒提维生的斧头，身体里的燥热
点燃永和九年的夏天
鹰在哪里不重要
我来时的路上，稻米次第黄了
炊烟腾起在二十一世纪的村庄
我忘了很多写给闺中少女的情诗
只记得这个被阳光烤化的下午
绿皮车里，一头老虎细嗅窗外
微微变质的酷热

在火车上

在火车上，座位挨着座位，秩序挨着人情
在火车上，男人挨着女人，过程挨着目的

睡觉的人挨着掏兜的人
抱小孩的妇女挨着打扑克的中年人
扫垃圾的列车员挨着嗑瓜子的老板娘
陌生人挨着陌生人，理直挨着气壮

唐朝挨着元朝，苏轼找不到人依靠
只好去倚琼州产的小桌板
这一生是孤独的
但孤独也挨着泛滥的句子

看电影的人挨着持站票的观众
你以为故事感人，但或许他只是想坐一段
脸盲症挨着自来熟，旅途寂寞
你们交换不可能拨通的电话号码，一路仿佛一生
只有终点无法隐藏

在洛阳路饮酒

酒杯空了，告诉你一切都回到了洛阳
杜甫的洛阳，刘禹锡的洛阳
诗歌在一碗酒里催泪，但药方上潦草的笔墨
已医不好一个帝国的痼疾
女皇正在大发雷霆
她懦弱的夫君向平凡人的生活低头
而现实的叛军正在咫尺之外逼宫
过度的诏令大于真理
除草剂泛滥的洛阳，没有牡丹的洛阳
就用舌头的尝试来告别病态的美学吧
从汉字遗迹里出土的洛阳
现在正在路标牌上闪耀
你看到万物归兴已浓
一只空虚的酒杯回到沙滩上
一只奔跑的轮胎回到热带雨林

夜宿鹰潭车站

十八点四十分，绿皮车打着响鼻
将我运抵。地图上这座小城亮了起来

夜幕苦闷、焦虑、画满皮相与错觉
在日出之前，我都在这里
占领寂静小城里的收容院，我的收容院
远方来的癌症病人
随时准备绑住耳朵和舌头
广场上的出租司机，喷出蝴蝶般的烟雾
谈论一个叫黄维的军长如何风流

这一夜，多少人荣归故里
多少人在数窗外不停跳动的风
而我，在匕首一样狂躁的候车大厅长椅上高卧
偶尔站起来，寻找梦里走失的老虎

——金黄色的毛皮，不安分的爪子，受过伤的脸和
骨头
有时候它会突然变成我

我的老家

我的老家，江西省，余干县，三塘乡
辖下的一座小村庄。1994 年之前，
我住在那里。唐朝落户
宋朝注册，元朝经历战火（据说藏匿过朱元璋）
一个有故事的地方、平庸的好灵魂

那年清明，我回故乡
风老了许多，山也老了
石头压住鄱阳湖的触手
我站上去，想看清对岸的村庄，昏黄的星辰
猜我看到了什么？

唐朝的老房子在半山腰散落
一些妇女在河边洗衣、淘米，交换彼此心事
大概如此吧，我已离它太远，就像
它在历史那头，在书本里，在传说中

去　年

去年，故乡的油菜地开始发亮
养老院和鄱阳湖比邻而居
一场谷雨酝酿出共同的湿冷
老家的炉灶藏在地名里

去年，我在暴雨中回乡
赴一场早晚必至的葬礼（孤独的葬礼）
离世的瘦躯里填满落寞的叹息
"日子终于到头……"

去年，我漂过阴谋、倦怠、傲慢和某某地
经历一群在时光里消融的灵魂
千疮百孔的理想主义者
舌尖上的厚黑学，无法恪守的脊梁

去年，老渔民抛弃厮守多年的木船
我丢失抄满诗歌的笔记本
头颅日趋圆润
耳朵是唯一桀骜的倒刺

董坂村的四月

五月撸起袖子，气势汹汹地
来了。带着夏天的帮凶，闯上来

种植稻米的四月，在田垄上
抬起泥水淋漓的胳膊
擦一把汗，或者，扶正斗笠

阳光刺眼，惊慌失措的四月
似乎，还没看清楚
抄起扁担和锄头，浩浩荡荡上山的
五月和帮凶们，就闯开四月
布满去路的陷阱，走向山的那头

四月眨了眨眼，吮吸镶嵌
黄铜的烟管。董坂村的四月明白
这杆烟抽完，就要
滚下地平线了

我在这个黄昏听到一群鸟飞过头顶

我在这个黄昏，听见一群鸟
成群结队，消失在夕阳的拐角
这是一个美好的日子，试想一下
这是在深圳，不是张家界，不是黄山
一群鸟，衔尾飞过头顶
像一轮兄弟情深的箭镞，扎向远方
事实上，我多想跟上它们的脚步
在夕阳的拐角，被汽车尾气染得
紫沉沉的暮色中
也画一个酣畅淋漓的横折勾

游三清山遇雾

一

我无法说出那些藏在空白里的神秘
正如我无法判断那时
雾里的神女是否正在打量
另一个世界短暂的肉身
如果她碰巧正看着我，像我正看着她
雾气就是她赋予我的尊严
我的五斗米之忧在洁白中
也可以暂时溶解
就像那些隐退的怪石、病树和伤疤般的栈道
当他们让位于这个世界霎时的健忘症
我所记得的，就是那一片洁白中
我也开始溶解
连同内在之核微苦的味觉

二

空白有一种消解之美
在一场雨将落未落时，山向我们
展示了它的艺术
只有白色，只有在虚无中消解

它那奇瑰的物象
我听见惊叹的声音从前后传来
遥远得像我在山下，仰视那些腰带般缠绕的云烟
我不说话，在洁白中。像那些消失的石头和树
等在原地
等后面的人从空白中显现出来
为这突如其来的沉默者震悚不已

三

昨夜，我不停想起三清山
想起走在途中突然涌起的白雾
那突然抹去一整个世界的手笔
我想，它也许只是想和我单独谈谈
但要谈些什么呢
我一直在等它开口
而它的沉默却令人误以为
一头失语的黑豹正在思考白鹭的白

寻山九章 （组诗）

在盘山公路的尽头

在盘山公路的尽头
我看见一座山等在那里
看见从山上蜿蜒而下的溪水
到达面前时，已发出隆隆的轰响
像为一场大雨转达历史的留言
这是我第三次寻找这座山
在大地上，它并不会走失
但我向他走去时，它却转身
避开。有许多词语用来描述它
但没有一个切入它坚硬的内心
据说来三次就会看清它
据说它和生长于高原上的兄弟
有着某种美学意义上的不同
有蛇从它身上探起身子，有女神
司春。还有两只神龟
一前一后，走入弥漫的云海
你看，它用比喻传达出来的东西
在这个尘世间提领我们一路向上

融入神性的夜晚

我与卢游兄向东南走到无光之处
返回，转而向西北
一路谈论聂鲁达和策兰
诗歌坚硬的核心
片刻，看见一列火车停于广场
山上怎么会有火车呢？
我们静立了片刻，灯光明灭
仿佛呼吸
光暗下去的时候，火车被剥离而去
星空要花很长时间，才能从光污染中
解脱出来。更远的地方一片漆黑
似乎那里并没有店铺
也没有一列火车
被取消了脚下的铁轨
我望着远处，黑暗如同铸铁
虫鸣声自远而来，带起风又熄灭风

乘缆车

乘缆车是对山的不敬
因此山用坦白回应
让我看清每一棵年过百岁的苦楝树
和裸身游行的山涧
这不是一场成功的征服，山让出了
它藏在留白中的巢穴。
我感到羞愧，群山背向我
迎客的神仙踢着石子，百无聊赖
最高明的易容术

是真实的面目。山就是山
石头就是石头，一些预先装载的想象
在缆车的八分钟里雪般落下

巨蟒出山

一条风化的石柱
拥有将一切现实还原成想象的能力
它直立上身，面向栈道
作为蟒时，它是烙铁头、大膨颈、过山风
一会儿后，又是发呆的骆驼
反刍着胃里的石头碎片
许多人从它脚下走过，合影，猜测：
它是怎么站在山上的？
我听说，起初，它是山的一部分
风取走了一块
水取走了一块
种子用生命力为它点皴
那时候还没有人类，更没有神仙，陆地苍莽
它无意间直起的身体是
戳在时间里的纪念碑

过栈道

当山需要被平和地征服时，我们
就在栈道上向前看
危乎高哉！但那是另一座峰
走到一条栈道的终点，另一条
就有必要拐一个弯，急速的思维
被突兀而来的弯道甩向群峦
没有云雾，山的裸体拥有素描般的理性

更多的人散落在栈道上拍照
临摹那些岩峰不具名的物象
我行走过三次，第一次
只看见雾色中的一片白，虚无消解着栈道外的一切
第二次，猴头杜鹃以
怀疑的目光注视我们
在天上行走的灵长类
抚过它的，是栈道从千丈以外
投在山上的一小缕阴影

玉京峰之巅

在传说中，它代表了一个神话里的人
在地理上，它是这片山的最高点
每个地方都存在类似的传说
最熟悉的人也拥有神性的一面
不论生，或者死
三国时期，葛玄在此炼丹
开辟道场，修补信仰里的疮痍
他体内的金丹
寻找到了新的缺口
而道友于吉刚刚诛杀江东之虎
左慈将一杯酒劈开两半
狠狠戏耍了曹阿瞒
神秘学里，每一种失败都跟着
鹰目垂视
浪漫主义的后记如
此刻玉京峰巅坚硬石缝间苍翠的植株
每到冬季，倒流雾会从上方涌泻
仙云漫过尘世
又向下而去

神仙谷

不能从下方看见的山
就是虚幻的
上午，一场雨清洗了神仙谷
我们越过两座独木桥和一条小溪
看见山的另一面，藏在云雾里
脚下是零星的茅屋
仿古的水车一动不动，一串
红灯笼挑在空旷的广场上
碎石堆砌的民居前
八十九岁的老太太看看我们，又
继续发着呆。神仙谷里有两条路
左边那条，沿溪水穿越
上百年的枫杨林、广场和农家乐
右边那条，径自远走上山
田野微黄，农妇向草捆浇水
雕塑般的水牛在泥浆里
静静思索，沉静而忍耐
我在神仙谷盘桓半日，不得求仙之法
也不曾带走点化的奇石
白鸭四五一群，追逐着游过面前
初夏的溪水在它们身下
散发着谜一般的微光

"夜宿枫林宾馆"

"夜宿枫林宾馆"
这个招牌从窗外一闪而过

随之而来是持续的荒地
谁会夜宿枫林宾馆呢
像唐朝的羁旅，骑驴而至。抬头寻找
开元年间的枫叶
当他重新踏上旅途，就像我们的目光
从那张招牌上飞快地移开
其后的事情有太多的不可言说
例如在返程时，我看见那块招牌背后
写着"快餐、凤炮、补胎"
尘世之事大体如此
我几乎将要穿越时空，触及那头倔强的青驴
而那些神秘的声音，在时空的隧道中
仓促奔走，散佚如风

别三清山

走出三清山的过程，类似于
野草从泥里拔起自己
胶水般的根须
我多想走到哪就粘到哪
但连环的盘山公路
击溃我地理上的方向感
下山之前，一座小镇
在迷雾中揉着惺忪的睡眼
与山上不同，它拥有完整的器官
女装店、苍蝇馆子、散发着腥气的
菜市场，堆满木头的粮站院子
外出打工的人，沿途修葺洋楼
砖瓦氧化成深沉的泥褐色
山下的生机，在炊烟里蒸腾
它们在第三个弯道之后

忽然凭空消失，三清山停在远处，
云盖仿佛冠冕，河水渊沉如镜
我们从山上下来，一会儿在水之北
一会儿在水之南

辑三： **众生录**

劝 醉 书

我的父亲十六岁赴外省当兵

他的母亲没帮什么

他走那天　全家人默默围坐

吃掉最后一枚鸡蛋

此后三十六年他极少回家　一种恨意

住在他的大脑里　每每浇灌酒精

就能冒出来　荒蛮如牛

他的母亲从两千年开始生病　十二年来

无休无止　呻吟　惶恐　打电话

主题只有一个："要么你回来　要么我过去!"

十二年如一日　我父亲每每侧过脸

阴云难测　技巧很拙劣　他不会抹平芥蒂

酒还可以继续喝　偶尔拜托医生会诊

偶尔开药　总无大碍

一晚接到午夜电话　这次不是玩笑

他忧心忡忡　在火车站首次插队　全无章法

凌晨两点　在雨幕里冲锋　像二十九年前

攻占老山高地　还是晚了一步　树欲静而

风不止　白事宴上　他拒绝立即火化　执意找回少时

遗失的

三十六年　为此面红耳赤　和兄弟干架　一个卑微

的人

在满场宴客里红脸　暴怒　捶桌子

把酒桌上来源不明的液体打在胸口
刨开哽咽无语的嗓子和陡失遮拦的白发　他的掩饰
那么完美　这真不容易　我的父亲
我想过去搂着他　拍拍他的肩膀　但该怎么做
才能终止一头狮子经年的愤怒？
我只有再劝一杯　再劝一杯　世间灼燥如炉　唯有
一醉
可解千愁

答李白书

首先发生的，是物质层面的愁
我饮不到唐朝的美酒，也典当不了
你古董般的大衣（今天，它应该上交给国家）
我无法用我的心朝向你的手
因我所爱之物已被禁得七零八落
剩下的，也凑不成一首完整的诗
你劝我同醉，我劝你护肝
请不要沮丧、扫兴、赐我青白之眼
因我爱你的剑多过你的诗
我爱你为唐朝注射的肾上腺素多过你不得之志
你有你的剑法，我也有我的心事未了
一个拖家带口的男人、精神贫瘠的思想犯
要怎样找回秋风里被人拾走的魂魄？
"我伏虎之后，不曾见过影子。
少年时，有向往之物
便在商铺前徘徊，以期入梦
然而皆是饥饿之虎，对我咆哮
久而久之，竟降服了……"
"列车现在是临时停车，预计晚点一小时……"
暴躁的乘客哗然而起，面红耳赤
既已上车，这么长的关押，唯能任其摆布。
陈年往事毋庸再提。停车的
这一小时里，你可将秋心拆成两半
与我同销万古愁

抱 柱 书

水满上来时，他明知你不会来
依旧不肯放开抱柱的手
好像这样，就能体面地结束等待
那水是一层时间
柱子是永恒的烦恼
你的失信源于看见它们时一瞬间的拒绝
他有一本《庄子》，知道随后的结局：
轮回、命运和衰竭的现状
知道即将灭顶的大水
曾如何漫过你的脚面
你叫兰乔，三十出头，体带微香
在楼下的快餐店洗碗
晚上与前夫做爱，梦见洪水里的
战栗

日落书

我要在日落前赶回
柴捆很沉，日落之后
它们就要化作炊烟
和一家人的口粮

斧头也很沉
祖父留给父亲，父亲留给我
连同祖祖辈辈
永不打破的宿命

他们一定没想到，日落时分
一个叫伯牙的人在弹琴
一座高山向我压来

唇 语 者

他听不清话已有三十年
每一天，他坐在自己八平米的小店里
等八岁走失的女儿回家

他的绝活是读唇语，眼睛成为耳朵的继承者
他能准确地读出来人的嘴唇
并且判断：补鞋或者收废品

那天，他读错了：
把拆迁读成了杀狗
把四百五一平米读成四百五一只
也曾有过这种生意，他拿起刀
咔嚓一声
切开狗的咽喉

这一幕是我至今不愿想起的
他拿起刀时，空荡荡的衬衫显得很饱满

果　儿

从云南到北京，这只果儿追逐一个注定不红的男人
调弦，拍照，系鞋带，对瓶吹
无时不可疯狂，不可赴汤蹈火。
二十二到二十五岁
果儿最美好的时间，走进野兽的嘴里

"请享用我吧，以豹子的决绝"
果儿在历史上，就是苏小小，柳如是
在混乱的线条里寻找
事物与心脏最近的轨迹

到三十岁就不是尖果儿了
没有谁能在不老的镜中长久潜伏

晚餐前，男人在一棵神秘的
枯树下静坐，饮酒两瓶
步入酒吧，歌以咏志
果儿在日记里写——

今日洱海有雨。相亲无果
应谨记戒酒，须得体，大方

排牙峰下的模特与灰鹭

她们是主题演出的配舞，闲暇时
来排牙峰下站着，穿上婚纱
展示自己的婀娜
有犯花痴的男人，就与之合影，仅此而已，
十分干净
就像芦溪河边的奇石，龙虎山上的佳木
用容颜换取生活
这是排牙峰下的风景，某位商人的一时兴起
整个下午，我都躲在角落里注视她们
少有游客，她们欢乐地聊天，舒展身体
山间的下午绿色而寂静
很久之后，一点灰鹭滑过头顶，它比刚飞来时
显得快乐了一些

在一座陌生的城市
听素未谋面的少女唱歌

某场研讨会楼下
少女在她的升学宴上唱歌
她穿着洁白的露肩长裙
背着天使般的小翅膀
她在毛茸茸的羽毛头环下唱：
"你存在，我深深的脑海里"
她的父母正向宾客劝酒
采收耳熟能详的吉利话
一个红着脸灌酒
一个在抹眼泪
最后，少女的同学加入了合唱
这其中是否会有双眼里含着动人的情愫？
亲戚们的轿车填满开阔的广场
一位素未谋面的少女
把自己打扮成天使的模样
这样的时刻，在她的一生中还将有几次
毕业，结婚，生子
她也终将走出诗歌里这座陌生的城
我无法想象，这个夏天
有多少天使般的少女走出来
唱完自己喜欢的歌
又重新走回现实主义的钢铁与橡胶之中

105

在列车上想起陶渊明

我恍然觉得，你就在前几号车厢里
搓着手，惊骇于过量的冷气和
毒药般嘈杂的音乐
我恍然觉得迎面而来的夕阳是时间的不祥之兆
我们穿过抚河，并在河面上空联想鄱阳湖
写诗这件事，就像
这条列车没有尽头，而吾生也有涯
"没有足够的空间，去容纳每一个欲望"①
所以我们一起隐居吧，你隐于魏晋
我隐于江西
田园之光的幻觉里，我举起虚构之杯
向你致敬，而不用担心你会中途下车
因你望向窗外，放眼皆是令你惊骇的褐色
和时代的裸替
上书：轻油，禁火

---

① 语出耶胡达·阿米亥《人的一生》。

夜读苏轼

孤身宦游，应相信江山之美
宽宥某种程度的不对称
或许有时，应将权力关进制度的笼子
过去，你在蕲水醉卧
及觉已晓，而没有被游弋的野兽叼走
是否我也能有你的好运气？
最后一座屋顶花园，聚集着穿越而来的鸟类
它们的唱和让我陷入北宋原始的森林
当我被女儿小兽般的夜啼唤醒
仿佛若干年前，你被宋朝的明月惊醒
就借着醉意，在桥柱上写诗：
"杜宇一声春晓"

夜读曼德尔施塔姆

月季、葡萄、柚子树的影子
在半夜垂下来，就像蝙蝠巨大的翼膜
单薄的事物却拥有最神秘的隐喻
精神贫瘠的引擎声从夜半跑到黎明
在俄罗斯的分行文字里，它们象征制度
暴君、和无可抵挡的潮流
但在此刻，它们陷入夜晚寂静的泥淖
曼德尔施塔姆在监狱外的松树林里遇见
外出拾柴的自己
他们相视一笑如走在同一道路上的革命同志
而这个囚犯的灵魂已先于肉体永生
岁月会在啼哭中甄别不朽的自己
并将之放逐——就像伏尔加河上
一只巨大的铁鸟张开翅膀
迷失在星辰的海洋之中

在机场读阿多尼斯

阿多尼斯说，他是风的君主，他让自己登基
我也要登机了。夜色和时间在误导我
机场嘈杂得仿佛养鸡场，被驯养的金属翅膀
疲倦，但坚持将夜晚扛在肩上
太多人在天上赶路，更多人原地等待
他们饥渴，他们焦躁，他们困顿
飞往北京的航班已经晚点，帝都藏在五彩的面纱背后
我虚构一个宋朝赶考的士子，在昏暗的船舱里读论语
或许在洗袜子，同样都是蹂躏软绵绵的事物
江河在脚下延伸，健康在旅程的尽头
也许在填词时他会更兴奋一些
也许在起飞时，他会朝觐风的君王

给莫扎特

太安静了
我抚摸着空气里银色的琴声
像一把终于出鞘的长刀
吐出寒气

像一条骄傲的鱼
滑入诡谲凶恶的波涛，
你对于自己是自由的，你为十八世纪安魂
悲哀地望着眼前的一代人

可你不会把谁扔出窗户
你在 G 调上颤抖，令整个世界共鸣
你一定留下了些什么
在短暂而压抑的市民生涯中

辞别宫廷的第一天①，你推开琴盖
许多人在时间里清洗耳朵

---

① 1781 年 6 月，莫扎特因无法忍受时任大主教将其视为奴仆的侮辱，
辞去宫廷乐师的工作，成为欧洲历史上第一位公开摆脱宫廷束缚的音乐家。

给奥拉夫·H·豪格

我在北纬 20°，天气潮湿
夜晚读诗，它们在世上仍然
散发着盐粒一般饥渴
水滴一般简单的光
我幽居于深圳，如你幽居于挪威
热爱中国，但
只热爱古诗里的她
你有冰雪覆盖的北欧农庄
我有黄颜色的中国门①
有时我在地铁站，等上五分钟
长出一截新的时间
好像石头上冒出了春色

沉重的春色，如同一列轰鸣驶过的地铁
压碎语言的精致
我在南山脚下，喝你
从一块挪威木柴里倾倒出的温暖

---

① 语出豪格《在中国门前》。

一行秋雁从北来

——给茨维塔耶娃

茨维塔耶娃·玛琳娜·伊万诺夫娜

亲爱的女诗人，你来时

我正在谈一桩难缠的生意

关于玫瑰和黄油。天气有点凉

风有点大。你把包往秋天里一丢

候鸟在寄居的法国，就嗅到独裁者的气息

嗅到你冰冷的公寓，装满诗歌

和苦井水的腥味。勤劳，踏实，贫穷

吟游者，俄罗斯的母亲

用弹钢琴的手劈木柴

用写诗的手乞讨面包，准备"六个人的晚餐"①

你爱十字架，也爱绸缎，也爱俄罗斯

爱自己一百年间跌宕的青春和接骨木的时代

你把自己藏在十七岁

稚嫩的祈祷里，如今和

我隔着纸页，吻你百灵鸟般的眼睛

一行秋雁从北来

一场大雪在路上

---

① 语出茨维塔耶娃的诗作《我准备了六个人的晚餐……》。

始皇帝与盗墓者

始皇，吾来了！
且让吾看看陛下的骨头是否安好
是否一如当年
粗犷、铁血、写满密码
时间的墓穴里，新筑起的十二金人
在谜样的表情里坍塌
它们垂下的眼泪在吾等的皮肤上刺字——
止兵、息戈
忍耐、磨钝
像一根根悲哀的鞭子，在吾的脊背上抽打
吾挣扎一下，墓穴就跟着动摇
陛下，你何不从谣传和疑冢里走出来
从黑暗墓道的蝙蝠群中走出来？
丢开你多疑的佩剑和自卑的泥俑
一座骊山就是一个江湖一个帝国
你手握着机关，也握着野蛮的立法权
但在更换墓碑之后，你还要认领自己的错误
陛下，你的名字写在剧毒的水银中
在历史的托盘里，它是浑圆的暴力
而此刻，却无法熄灭吾的火把
甚至在睡眠中，你也只能在残缺的阿房宫里
孤独地睥睨
到最后，你的名字在石匠的手里把玩

作为伟人，你不得不用低垂的姿态恳求固态的认可

即便他们会在阴冷漆黑的墓穴里

拥抱着走向死亡

你的脸色惨白，在画像上

你谨慎地躲避吾的目光，藏起自己的骸骨

大秦之大，足以尘掩两千年

但吾已摸到了你冰冷的额头，安息的穹顶

和你小心藏在时间里的微弱的呼吸

这一刻，你虚弱、松垂

在吾莽撞的血脉中小心地颤栗

致 向 晚

六月提着暴雨的刀子，为你切生日蛋糕
同一时刻，神的眼前
诗人向晚，待业青年向晚，工人向晚都没有分别
事物异状的一面在陌生处闪光
不可言说之物不仅存在于诗歌里
我想为你写一首诗，并非出于唐朝的酬唱
安徽的景物与江西相去不远
正如第一次到深圳时
我突然发现罗湖区与东湖区存在某种共通
我们的共通并非源于诗歌，而是
源于核心内部正面的期盼
负面的呢？谁不会有愤怒、自私与洋洋得意？
走过我身边的高中生方才结束了一场死斗
忐忑等待斗兽场里社会对他们竖起的拇指
而此时我在精神里向你举杯
浮一大白吧，为这个朝代你还在喘气
为走到祖国边疆的阮籍终于忘记了大哭
路有穷时但脚无尽处
坏人的院子里永远堆着别人的财富
多少樱桃树在等待陌生人的砍伐？
这个季节适合向晚为自己写诗
用共通的语言向世界宣示主权
明天你的午餐我无从得知

但今天，我们一起在虚构的南山里衔枚疾走
就像出生也可以是一种入死
呼吸也可以是一种雷声

在山高水远处发冷

——参观方志敏纪念馆

你有石头的个性，死倔死倔
你往那一坐就是座山
你生气时长出的胡须就是青松
你每天数皮鞭下锅，却对路过的浮云慷慨

你悬浮在空中，隐居的地方此时冰冷，
连小贩都已稀少，无人修补
通天之路
我到那时，温暖是一件奢侈的事情
一生忧郁居然轻于大好河山

喝　　茶

那个老人向我大倒苦水：
儿子要做丁克；工作不如意
烦闷像海潮，疯狂攫紧他迟暮的后半生
而我在喝茶，茶叶在滚烫的开水里
发出吱吱的惨叫，惨叫声中我获得内心的平静。
狭小的心胸，对苦难低级的
忍受力，唉声叹气，不够清晰的指桑骂槐
人类就是这样，舌头最大的作用是化成匕首
割开自身无辜的伤疤

就是这些了。茶喝到最后，那个老人
满腹的苦水行将告罄，这一生苦涩的结晶
比一切茶汤都要杀口
他却不得不用来浇灌贫瘠的自己
他的儿子，还会是明天重复的话题
如果时间倒流还将如此，就像他最后总要翻翻相片
侧着头，好像依靠在一个并不存在的胸膛上

重庆与别的城市没什么两样

世界越来越乱，该有个人站出来
在茶馆里细数雨水，那繁花般
密集的鞭刑落在心头肉上
火锅里的辣子寡淡无味
不像让我泪流满面，却上瘾着嘶气的东西。
火锅边，那个重庆男人
仔细调配辣酱，像巫医调制草药
他有不共戴天的仇人——他的枕边人
撕咬了一生，纠缠了一生，像是矛盾的两面
最近终于解脱了：昨夜，她死于癌症
孤立的矛盾要怎样存在呢？
他说晚上带我去看朝天门，他一边说，一边
把一碗辣酱拌进胃里，又在眼里
把它们烧成泪水

有些秘密不足为外人道

你在我面前喝酒。拥堵的火车轰隆隆开远
酸涩的枇杷打在我头上，疼
像故国晚秋的炮弹，掀开我们的伤口
夏天到了，云梦泽在古老的传说中冒出蒸汽
汨罗是方志里遥远的地名
我在江西，鄱阳湖边，不逊于云梦泽的水面
今年瘦弱多病，营养不良。屈平，来
是不是很久没人这么叫你？
脱下你的白鞋子，你的峨冠和博带
时代变了，但妇女们还在叽叽喳喳，散布关于
你峨眉的流言。你爱过一个女人，或许是昏聩庸碌的
市井妇女，像你爱你的国家，爱金殿上肥胖的楚怀王
爱你发霉的理想和远徙的故乡。哦，屈平，咽下这颗
缄默的枇杷吧
我和你如此相似，我的乌托邦
建筑在陈腐的官衙对面，不值五斗米的案牍背后
臆想中负气远走的行囊里
我爱它，但我不说出来，不对任何人解释
那婴儿般的干净（或迂腐）
我只是在火辣辣的夏天，想起你时也想起诗歌
而不像他们，只想起艾叶、粽子和假期安排

野 花

想起野花，我就想起手背的伤疤
想起星星，藏在田野里的
黑眼睛

田野不吭声，田野挤满野花
星星也不说话
没有关系，星星太小，它们的话
太轻，一说出口，就吹走

想到这里，我的伤疤又疼了
多年以前，我对因贫辍学的远房堂弟说：
你不爱学习，是坏孩子！
他也不说话，像一朵失语的野花
又像一头孤独的豹子，给了我深深的
一口

雨夜想起张生

张生好色
无疑。或者说——风流
不知年份，不问政事，功名
也能当成一件赌注
我们还知道，他翻墙时
兴冲冲地

如果那时
下起雨，一如此刻
红颜是香艳的幻觉
训诂和文章是取暖的湿碳
崔莺莺是未来的将军夫人
以锥刺股的张生往笔尖呵气
天寒，双膝僵冷
沉重的税赋是紧锁一生的枷

余 生 记

四十年前你仍是壮年
在故乡的油菜地里挑担行走
在夏天的玉米田搜索特务，抚摸那些
青绿的手。那时你强壮，且有梦想
日子像鲜血一样红，痴迷伟人诗歌
英特纳雄耐尔，明天就要实现。
阶级之外，你自己心中的秘密花园
也在孕育，你几乎就要知道
玫瑰花会在舌尖绽放出怎样的香气
后来，老船长神秘失踪
孔方兄蛊惑你偏离最初的航线
你痛哭过，感觉路走到尽头了
可以用来数的日子越来越少
你拄着盲杖，走到哪算哪
明天仍然在水的那一边，一帆之隔
但你的船舵已经生锈，原地打转
那个偷溜上船的钱先生穿上了船长的制服
你想停下，故乡的大湖已千帆相竞
无形的鼓槌一阵赶一阵
停下你就输了，被他们抛弃而非抛弃他们
被抛弃的失败者会困守故土，交出他们禁欲的青春
你的青春就快输光了
好苦啊，你从没喝过这么苦的苦酒

你的人形都快被苦融化了
于是你长出腮和鳍，你不该有这些
但你还是长了，过去的时代是错误
你决定告别，那青春时代鲜红的懵懂
和内心深处对船长昏聩的依赖
你终将如此，和千万人一样
转变之大，就像你灵魂中的特务一直存在
你看老年斑已磕伤了你精心保养的手
一生的盲杖搁在不知道哪个角落
你翻检往事时，仍在遗憾错失
那个关于玫瑰花的答案
但你拾起答案，没有打开，又放下了
只要想想，她还在，玫瑰依旧一年一年开
你最后的良心就不容侮辱这劫后的余生

食羊记

你安贫乐道，如约醒来
捋捋颌下稀疏的胡须，"咩咩"地叫
今天，天凉了一些，卖粉的生意差了一些
你在街头推行生锈结冻的三轮车
因此，时间过得慢了一些
还可以更慢，你可以熄了火，到云端上飘着
抽一支烟，又一支，等待午后
那些裹在厚厚棉袄里的小胖娃，前来光顾
这时候，冰冷的铁锅里
涌出热辣辣的香气，熏干你的眼睛
你仿佛看见，一群小狮子，围着骨瘦嶙峋的山羊索食
这残忍的一幕让你感激了好久

我的苹果是世界上最好的苹果

那个山东妹子拉住我
说："买点苹果吧
家里的苹果，是世界上
最好的苹果，只要
十元钱三斤！"
这一筐红红黄黄的果子，又瘦
又小，在乱哄哄的路灯下
挤出最谄媚的表情
他们来自山东，而不是日本
美国、新西兰、澳大利亚
没有砸过牛顿的头顶，它们甚至
不知道有过这么风光的同类
它们怯生生，十元钱三斤，时刻
还要担心野兽怨恨地噬咬

怎么证明，你的苹果
是最好的苹果？山东妹子
慌了，她用从车床下抢回来的半截手掌
擦擦眼睛，说了一句我听不懂的乡音

猫　　咪

我们家猫咪，又乖，又萌，又知进退
懂得在必要时，喵喵两声
有时也会在我面前，跳上马桶
像个文明人。虽然我从未见过
它与同伴在一起时，雍容得像头华南虎
它在沙地上方便，然后消灭踪迹，不用顾及主人心情
也许真有这样一只猫咪
在记忆里陈旧的羊绒地毯上，用一把猫砂
抓挠我的心

遇见一只蜜蜂

你的家在楚国，但你来南昌
跨过漫长的长江花去很长时间
没有花了，也没有蜜。看看这天气：阴天
太阳压得很低，你像夏天最后的灰烬
在城市扇动翅膀，对我展示不合时宜的尾针

你的妻子呢，你的孩子呢，你的粮食呢？
你在捣毁的蜂巢前尖叫。有人来了
有人熄了灯，有人关上窗，有人封死你的退路
你若令人受伤，必先令自己断肠
十月的中原，我嗅到微凉的秋意
和你沉默的决心

改　　造

他想给门前的老树敬个礼
枝桠刺透天空的老树
昨天死了。先从头部死起

他想放弃挣扎，要结果就结果
要落叶就落叶，要死就死
人世间只有一个地方生长粮食

他又想给前女友写封晦暗不明的信
高蹈得脚疼，他需要歇歇
然后，给平淡的生活撒上一把盐

起初，他吃不惯多余的咸涩
就像落魄的鹅毛，在泥地上把自己含化

空屋子

空屋子里，灰二指厚
春风日复一日，从门外过
点灯的瞎子，护住下午的烛火

日落之前，大雨不速而来
玻璃碎了一块，痨病的瞎子咳嗽几声
满屋子灰，心猛然跟着
跳动几下

异　响

雷雨来前，她还在晾衣服
动作如此轻盈，她先
将衣服放出去，用一根三十年来
早已顺手的晾衣杆，撑开来

雷雨来时，她没有听到轰隆的雷声
天空阴沉，一如她之前
五十年的时光——她想起自己
也有惊鸿的青春，就像
此刻划破阴沉的闪电
潮湿而耀眼

雷雨来后，她又匆匆抢收
那件暗褐色的棉袄，就像当年在家乡
抢收谷粒。空屋子里无人言语，只有
惊蛰的雷声，披满清瘦的雨水

反　面

其实你明白
自以为驯服的身体里，狮子
还在与自由重逢，但膝盖已经僵硬，你的
钙化的眼睛，像黄昏里金色的补丁
即将冷却、沮丧，转化为暗

你到中年，高音突然成为一种奢侈
你紧张地弓起身，凭嗅觉辨识走过身边的
鲜嫩的女孩子们
她们身上新鲜的气息让你头皮发麻
让你想起爱情曾经盛开过（痛苦也盛开过）
长发也披肩过，春天也活蹦乱跳过

而你的春天已经不可救药
小卖部里的那个女人还在搽唇膏
患肺病的老人还在压抑咳嗽
开饭店的屠夫还在哀悼他生锈的前列腺
岁月的秘密像你偶尔怀念的前妻
人生苦涩，逐渐占据你阴冷的味蕾

1999 年，你曾想过上山隐居
终因仕途没能成行
现在，事物的一面是光
一面是狮子丑陋的疤痕

每个人都是一座城

那时我在雨里，遭遇一个女人
遭遇一把红伞，一朵半开的花
她在城市的入口，向我问路
一点点暗下的是傍晚的光线

我没有请她进来，多少年了
齿轮在风里生锈变冷
一座城市在黄昏点起灯火
树林在身边越长越高

江采萍

有两个人在花园喝酒
远处的二楼，有个丫鬟悬梁
家业越来越大，日子越来越冷
南方的气息早晚涌来
当家的不问，荔枝正在孕育
江采萍在长安种梅花，写诗，吹白玉笛
但梅树越来越病，那个收集病梅的人
再没来过

读书人谈论安史
掌灯时分，笛子不知藏在何处
江采萍的面前，唐朝正在发光
好像她的胖对头，把水从她眼里榨出来

梅 花 姬

春雷潮湿，你走进我梦里

像《聊斋》里的女子，烹茶，添香，却一言不发

灯昏暗了，如你脸上无声的啜泣

我展开发狂般的意淫

"喝杯茶吧"你只是说

你不是狐媚子或花妖，不是夜奔的红拂

不是前世的恩人或者蝴蝶的伴侣

你偶然的闯入毫无目的

我悬浮在赣东北的一叶孤舟，涟漪是此刻

春天神秘的磁场

"还有一件事"你说，"此番叨扰，既唐突

又荒谬。妾身藏有去岁开春，梅花蕊尖

取下的雪水……"

来自元朝的梅花茶，尚欠一位饮者

水到我面前，梅花在挑逗我。春天

比七百年前瘦多了

刀兵火光中，你捧着瓷杯，也许只是乞讨？

只是为逃避可怕的冷场。你

在泪水中颤抖，在梦醒时裂开

花木兰

花木兰，你还不回家？
还不贴花黄，还不理红妆？
往北是马背上的春节，结冰的贝尔加

花木兰，新剥开的橙子发出清香
树枝上挂满降温的金色
你的影子慢慢入夜，默默摇落一天星

花木兰，我爱你！在我告白前
暮色里那段倔强的铁轨，敲响咚咚的鼓声
流水流了又流，乡关远了又远

要是你愿意，我愿穿过空白的纸页
为你牵马，为你写信
为你喊来天涯外的沦落人
花木兰，九月秋粮熟，你一直睡在贫瘠的戏里

汨罗江水很凉

很凉，真的
五月的大太阳很凉
一路走来，苦艾叶和雄黄酒的味道
很凉。夏天的蝉嘶很凉
郢都很凉，湘夫人和云梦泽很凉

太凉了，那个叫屈原的人
和渔夫争执：沧浪之水的用途
滔天的浊酒很凉，叫屈原的人
决心用赤子之心温酒

全世界醉酒的人，打着呼噜
"汨罗江水很凉啊"，屈原这么说着
整个楚国就打了个寒颤

追　　月

饮酒的人，有古老的病灶
把书法、剑和青莲子收拾好
开始吟诗：天生我才——
开始寻路，青城山太瘦，长安宿醉未醒
采石矶好，可捕月，可采云！

一整晚，风很凉，饮酒的人心意已决
把彩云赶过头顶，把白鲸喊过来
小心点儿，绕过月影
绕过渔火和剑气

绕过青莲，一阵急雨打落初蕊
雨声中，他摸起自己仓皇的一生
忽然解开江面的夜色

小马儿

小马儿贴着松树
小马儿抬头啃松针
小马儿嚼着松针回想往事
想到草原，马蹄忍不住踢踏几下
小马儿看看天也看看地，最后摇摇头
缰绳绑在松树上

合影的人，提心吊胆，伸手扶马鞍
他的手在颤抖，腿怎么
也跨不上去。合影的人，半条腿搁在马鞍上气喘吁吁
好像在草原上，在风雪里，跑了一夜

两首诗的爱情

我们肩并肩躺着，日子还没到头
我们躺着好像两首诗
隔着薄薄的书脊自言自语

这样多好，我用第一人称
你用第二人称，各自不同的主语
动词、副词、形容词……
明眼人都看得出来
这两首诗

牛头不对马嘴，但和平相处
同床共枕，并
未感觉不妥

梦　　语

昨天我又梦见你了，姨妈
开着又破又旧的面包车去看你
街道很堵，红灯
闪个不休

我想，要快一些啊，快一些把车
停在和你一样窄瘦的小楼下
快一些扑上去，看着你

你忽然间变得很高。我正纳闷
六十多岁，癌症晚期的老太太
怎么能这么高，我挽住你，说
姨妈，让我和你拍张照吧

我多想和你拍张照啊
可相机还没拿出来，我就醒了
蓝色柔软的黎明让我想起
火化前的六声炮响，十年响一声

响到最后一声，我的眼泪
终于流下来了

赶路的人

这会儿，旅程才开始一半
赶路的人，把包袱挂在肩上

仿佛自己是大地的图钉
思想是他的影子

兄弟

——给 L

你告诉我，日本地震
这有什么啊，他们习惯了
你告诉我，核泄漏，随风
很快飘到我在的城市
叫我小心。你说的仔细，告诉我
不要接触雨水，不要出门
不要暴露脖子。兄弟啊
我想起多年以前，我们在八号楼的天台上
一览众山小，你说太阳黑子能致癌
你信誓旦旦，把我拉进光阴的角落

给母亲： 你像一只疲倦的母燕

很多时候，我苦守了
整整一年的花期，早早地过了
我想报答的璀璨春色，早早地过了

很多时候，夜来风雨声其实
不声不响，我还在写诗，编造
海棠春瘦、晓月清寒，这些浪漫的句子

而珍藏在梨花树影下的春天，早已经
被人盗走，像一流的神偷，
把桃红李白，换成统一
老气的绿色

接着又把一些隐形的封条
揭破，走在雨水之前的时间
你提醒我：女人的春天是珍贵的

夏天到了，我想起那些
故乡泛黄的暮色，蛇形起伏的炊烟
你今晚拥我入睡
像一只疲倦的母燕，放下衔来的新鲜春泥

家　书

大哥说，今年的秧苗还没播种
雨水绵密，一群燕子
在屋下筑巢。大哥粗糙的词语
在薄薄的信纸上跳舞

家书到时，深圳通明的高楼灯火
像一行行高矮参差的水稻
我看见七岁的小侄子，背着花书包
在泥水里起伏
像头沉默瘦小的黑豹

致 父 亲

一

这就是我要说的话
春天到了，那些粗糙的树枝内部
已经抽出绿色的芽苞
春天里的分娩，如此理直气壮

就像我从你的肩膀上
站起来，扑向地平线
浩浩汤汤

二

酗酒的父亲，我不用去想
给你什么。
——只需要一杯酒就够了
我被你酒精浸透的童年
就在你的清醒和梦幻中闪回

有时候和你碰杯，听你眉飞色舞
叙述酒桌上的见闻
我看见你举杯的手在发抖

白酒杯，像一只年迈的鸽子
落在褐色树枝上

三

父亲，故乡的稻秧已经下地
你的兄弟，有时候会来找你
喝酒，叙五十年的旧
老哥俩放慢碰杯的频率，挑一些
藏了半生的往事下酒

你想起唯一的儿子远在他乡
好像那些种植在陌生土壤上的
稻苗，春天到了，你还在担心
一些饱满的谷粒是否会
憔悴。你这么想着
又碰了一次杯

四

成群的寂静围绕着你
像春天飞过我身边的绿色
唯一我可以看见的，是时间里那些
闪闪发光的日子
骑在你肩头，采摘
鲜嫩的紫色野花

尽管你不愿承认，你已经
抱不动我。靠在我肩上，像我当年
靠着你，气喘吁吁
我假装没有看见，你的白发

像成群的白色太阳晒着大地

五

父亲，请你告诉我
我们什么时候登上了这列
光阴的列车？
你坐在窗口，为了看得更清
我要翻过你，像一棵树逃离树林
为了长出新的树林

为了占领你的座位
我在正午轻声问你：什么时候
让给我

在僵持中，我们路过醉醺醺的斜阳
像所有蝶蛹都需经历的阵痛
你颤抖了一下

《水浒》 新说 （组诗）

洪太尉走妖魔

人说，他演什么都像皇上
现在，皇上
在三清山的石头上
磨破了官服
为了证明权威
他又放走了妖魔

鲁智深倒拔垂杨柳

老鸦喊了两声
午饭时间到了，孩子们
排队洗手
老鸦还没系上围裙
就从厨房里瞧见
喝酒的和尚晃晃悠悠
把树拔了起来
他是那么果断，甚至
都没有口宣
佛号

杨志卖刀

我认出，正是那把刀
害了林教头
如果再早一些，也许会轮到
杨志，守在必经之路上
叫卖：好刀啊，好刀！
只要三千贯！

幸好没有如此
林教头还能和他把酒言欢
拜把子

林教头风雪山神庙

要感谢一场雪
接近中年的人，活成了
被浇灭的火盆
冷冰冰，硬邦邦
像电视机前的我

要感谢那场雪，撒开蹄子跑向
大火时，踢伤了他
这一头受伤的豹子，包括我
一起发出稀疏的喊声

火并王伦

这不是一次简单的黑帮内乱
这一刀，划了时代

林教头，有时我真想借你的刀
把身体里的王伦和披离衰草
斩个干净

宋江怒杀阎婆惜

宋江打心眼里
不喜欢阎婆惜
你看，他捅了她一刀
就着烛火，烧掉了信

接着，他对她母亲说——
你女儿好生无理，我把她
杀了！

金莲的往事

武大看见了那双手
武二看见了
西门官人也看见了

炊饼、嫂嫂和性
他们仨心里
想着不同的事

金莲那双纤纤玉手
在北方严寒的冬天里和面

151

辑四： **女儿录**

与依依书

依依，我在等你
就像整个赣东北在等待秋熟
等你肉乎乎的小脚丫
踩在这个新奇而陌生的星球上
当你用响亮的哭声
抗议这个世界吵闹的说教
我就来填饱你贪婪的好奇心
绕开人类复杂的命名史，我会告诉你
每种物事的学名。
成为你的《本草纲目》，成为你的
世界的使用说明书
——真皮封面，卷边的内页。
但有些内容，我不会细述，
比如此刻，水火棍赶不走我胸中
燥热的秋虎，而我
在某座府衙里握笔如刀

给依依

你出生了，不是我为你摘选的名字
没关系，并非每座山都要叫喜马拉雅
我为你干净的睡眠所感动
为你在那间昏暗产房里孤独
等待的两个小时所紧张
面对整个陌生的宇宙，呼吸里复杂的成分
你迟迟不敢走出妈妈的子宫
原谅我最后在那张剖腹产通知书上签字
用为你写诗的笔向惊醒你的粗鲁授权
一段旅途在你还想磨蹭一会儿的时候
已经开始了
我们应该庄重的相遇到头来轻描淡写
双人间的病房里
隔壁床的小男孩正在为饥饿痛哭
爱他的人，更爱他的性别
而你用安静抵抗在这个世界
听到的第一缕哭声
也许是向人生的第一个阶段告别
然后走进我早已为你敞开的身体
当你在雨夜啼哭，当你妈妈披衣坐起
完成从少女到母亲的转变
请在摇篮里接受我最深情的拥抱
你哭声渐平，呼吸均匀

从恐惧和无助中牢牢抓住我的手
这个世界的风正把我越吹越远
而你抓住我了，咂巴咂巴小嘴
让睡眠变得甜蜜而轻盈
那只布偶狗咬疼你了

依依， 当我们把你洗干净

和那只布偶狗摆在床上
你皱眉，躲避，哭着要躲进花盘状的抱枕里，就像
那只布偶狗咬疼你了
三四年前，它购自深圳东门
一间温馨的礼品店里
那时，你父亲还是偷偷写诗的 IT 民工
你母亲，在臃肿的衙门里客串丫鬟
我们下班，散步，在八百万人口的现代都市里
准确穿过商业区、地铁隧道和熙熙攘攘的晚市
在那间溢满桂花香气的小房间里为青春画押
我知道
那只布偶狗肚子里的风尘咬疼你了
就像那座城市至今仍建在我肚子里
让我沉甸甸，让我怀念
你还不会说话，所以你哭
仿佛那年扫过窗外的暴风雨
把桂花的香气洗得更加馥郁
我们说给那只布偶狗听的心事咬疼你了
我们在罗湖区，在大小梅沙，在龙岗说过的心事
咬疼你了
你哭得那么伤心，就好像知道这个世界并非只有房间
那么大
就好像你也将经历我们的漂泊

依依，不要怕
那是一只没有牙齿的布偶狗
它听过的心事不比你听过的多
而我抱着你，轻拍你入睡
就像当我老了，你也会这样抱着我
用一肚子的心事咬疼我的心

冬至书

老家说，冬至大过年，应与家人团聚
而我在冬至日独自坐上朝廷的列车
车辚辚，马萧萧
南昌的阳光抽打着我的脸
可以不为五斗米折腰吗？
可以判竹十余日就走吗？
火车上，兴奋的人群彼此交流
仿佛走在通往前程的阳关道上
事实上我们行走于宋朝的光影里
我们富裕而飘零
或许元祐年间，另一个我也是如此
骑在青驴上，赴江南路上任
身后的马车载着我月子里的妻子，刚满月的女儿
我们对未来充满信心，不好奇靖康之事

水母房

依依对顶球的海豹和
游弋的美人鱼情有独钟，昨夜
还在睡梦中模仿他们见面时的翻滚
她喜欢美丽的事物，比如珊瑚
贝壳和闪耀的热带鱼
也喜欢卑微的小鱼、发愣的雨林蛙
她代表了人类的爱与宽容
在阴暗的房间里，她与绽开的水母
交谈，用彼此都不曾掌握的语言。
成年人走进水母房，迅速
堪破墙壁上镜面的虚幻
而孩子们，在镜子的迷宫里沉浮
当水母在明亮的玻璃柱里游动
它们六亿年的历史
从狭窄的时光隧道里
跌跌撞撞，绵延至今
一如那些消失的声音
在没有起点也没有终点的
深夜里穿过

给 依 依

一

当我在火车上，一边泡面，一边写诗
昨天被你踢过的胸口
仍在隐隐作疼
你来到我们的生活，一年过去了
更多金色的时间，还在背后等待
等待我由一个宦游的，不合格的父亲
履行当初的承诺
依依，当火车上，一名咬着手指头的小女孩
好奇地窥视我写给你的诗
露出不明所以的笑容，你大概正在疑惑
——那个名为"爸爸"的家伙
怎么又不见了？像故事里的露珠
泛黄的闪电。你或许会揉揉昨天硌疼的
脚后跟。当我在汗水、叫卖声和深秋的寒意中
穿过你的第一个生日
请原谅一个年轻父亲满怀的沉郁与顿挫
在东去的山峦群莽间无法分辨

二

你把吃剩下的鱼肝油藏在被子下面
得意地笑着，等待我找不到
你把叮当作响的玩具抛进床底下
手舞足蹈，要看我弯腰去捡
你喜欢被我抱着照镜子，抛上抛下
我们合影时，你会笑着找镜头
我无法想象，终有一天
你面对镜头，却找不到我
你藏起来的物事，过了七天
依旧原封不动
你扁着嘴巴，哭着，找爸爸妈妈的样子
可真让我心疼！

三

"抓周"的传统，对你来说
是一场游戏。这个阶段，一切都可以
当成游戏来看
你上午不睡觉，下午打着哈欠
去追会翻跟头的小猴子
追到曾经打翻过的凳子前，你对这个沉默的
四条腿的大家伙心存敬畏
你打它两下，又
讨好似的摸上一把
多少年后，当我们比对"抓周"的判语
仿佛将你许给了一阵命运的风
在我的胸膛里，吹到西，又吹到东

四

那天，我们在赣江边放风筝
你看着那只彩色的三角形，笑得花枝
乱颤。后来，我们在沙滩上摸石子
在江边吃烧烤
你不能吃，望着我们垂涎
返回时天色已暗，江水从上游流下
你在后座酣睡。
我在昨夜重复梦到这一刻
清晨醒来，你仿佛在一夜之间长大了半岁
在晦明的晨光中翻滚贪玩
当我冲好奶粉，在你面前晃悠奶瓶
你又乖巧地跪在床上，昂起头
我发誓：没有给你讲过羊羔跪乳的故事
而你眼中闪烁的幸福和惊喜
让时间的野草在我的躯壳中疯长

五

此刻，我已经在想
当我推开家门，你坐在玩具堆中看着我发呆
我亲爱的宝贝
我的女儿、小公主、小坏蛋
你每次都要花几分钟，来辨认这个又重
出现在眼前的坏爸爸
然后才可以撒娇，带着恶作剧的笑容
咬我。或者拿起手边的玩具，递给我
据说你长大后，会拥有一段名为"青春期"的叛逆
你会变成藏起谜底的谜语、亮出爪子的猫咪

又据说更远的未来，会有一个小男孩
从我手中领走你
我已经足够珍惜每一秒，但依旧感到那一刻的临近
我领着你读：日之夕矣，羊牛下来
你咯咯地笑，满头大汗，在玩具的城堡里
费力地找到那只最爱的小猴子，然后
递给我

飞行 （组诗）

亲爱的，我爱你
但我与你素未谋面

在天上赶路

五更天起飞，穿云，战栗着咆哮
×说，不要失联。我联着呢
驮着我的金属猛兽，随心所欲
但不越矩，我还踩在大地的胸口上
距离地面一万八千英尺，距离天空
可能更远，我还被牢牢拴在这个名为地球的
故乡里。还要吃饭，还要呼吸，还要爱他人
还要区别于直立行走的动物。还有命
这万能的材料，一刻刀就能刻出血
我刻成现在的样子，表面光滑
连内心也要光滑起来。穿云之前，你们
每个人都在刻自己，刻别人
手里的刻刀想要生锈而不得
穿云之后，还要继续吗？
天空空无一物，我们看起来已垂垂将老

依依

从今天起，就叫你依依吧
名字再好，也只是一个代号。
刘大和李逸仙，谁更虚无一些？
你来了就好了，你来了，二十六年就找到了新意
若在古代，我必沽两角酒，一醉方休
我出生时，父亲就开始衰老
你出生时，我就将开始衰老
风骨耗尽，气血两虚
这种意义的衰老幸福得露骨
像谁把我推进一生的枪膛，上膛声
让这颗子弹兴奋得发疯
和诗歌没有什么关联了，我体内的猛虎眼神温柔
来吧，依依，就由你来扣动我的扳机
这是你天赋的权利，与修辞无关

感谢

依依，人生的第一课，你要学会感谢
感谢这个世界一团乱麻，危险得像一万年前的原始
森林
感谢你母亲的粗心与父亲的笨拙，还未与你见面就险
些道别
感谢重庆的辣子，浑然未决却深如骨髓
活像这个世界某种隐秘情绪的到来
感谢那位披着婚纱无暇他顾的美丽新娘
感谢那辆踩着油门马达轰鸣的银色跑车
你当然还要感谢那些拒载的重庆的哥，从面前跑过时
眼神如此残忍！

你最要感谢的，还是那位神秘的造物主
他让我把你刻进一生中最小心谨慎的时刻
让我爱上你。游侠为何不能成为奶爸？
你我虽未蒙面，但一颗在起跑线上
蓄势已久的心，已飞过所有事物的头顶

飞行

远走高飞，指的就是现在
踩着封闭的甲板，在风里漂流
我听不到风声只能听见涡轮机的轰鸣
感受气流的唯一途径只有颠簸
平平仄仄的颠簸，D座的年轻妈妈脸色发白
关于失联航班的话题瘟疫般蔓延
或许，他们找到了这个世界唯一的出口（当然不是死
亡）
我精神上的航班是长江里吸水的鲲
当然也可以接受一次完美的嬗变
已经很少有放舟而下的兴致了
已经很少读诗佐饭，长歌下酒
一整座蚁巢为两颗牛奶糖发疯
我的臭皮囊还飞着，屁股还是决定脑袋
浪漫主义的翅膀还是被钢铁的手托着
舱外温度零下三十四度，汉语距离地面八千米
依依，就是在这个高度我知道了你的名字